EXTRAIT DES ANNALES DU MUSÉE GUIMET
— Tome II —

LA MÉTRIQUE DE BHARATA

TEXTE SANSCRIT DE DEUX CHAPITRES

DU

NÂṬYA-ÇÂSTRA

PUBLIÉ POUR LA PREMIÈRE FOIS

ET SUIVI D'UNE INTERPRÉTATION FRANÇAISE

PAR

PAUL REGNAUD

ANCIEN ÉLÈVE
DE L'ÉCOLE PRATIQUE DES HAUTES-ÉTUDES, MAITRE DE CONFÉRENCES DE SANSCRIT
À LA FACULTÉ DES LETTRES DE LYON

PARIS
ERNEST LEROUX, ÉDITEUR
LIBRAIRE DE LA SOCIÉTÉ ASIATIQUE ET DE L'ÉCOLE DES LANGUES ORIENTALES VIVANTES
28, RUE BONAPARTE, 28

1880

LA MÉTRIQUE DE BHARATA

LYON. — IMP. PITRAT AINÉ, RUE GENTIL, 4

EXTRAIT DES ANNALES DU MUSÉE GUIMET
— TOME II —

LA MÉTRIQUE DE BHARATA

TEXTE SANSCRIT DE DEUX CHAPITRES

DU

NÂṬYA-ÇÂSTRA

PUBLIÉ POUR LA PREMIÈRE FOIS

ET SUIVI D'UNE INTERPRÉTATION FRANÇAISE

PAR

PAUL REGNAUD

ANCIEN ÉLÈVE
DE L'ÉCOLE PRATIQUE DES HAUTES-ÉTUDES, MAITRE DE CONFÉRENCES DE SANSCRIT
A LA FACULTÉ DES LETTRES DE LYON

PARIS
ERNEST LEROUX, ÉDITEUR
LIBRAIRE DE LA SOCIÉTÉ ASIATIQUE ET DE L'ÉCOLE DES LANGUES ORIENTALES VIVANTES
28, RUE BONAPARTE, 28

1880

PRÉFACE

La seconde moitié du quinzième *adhyâya* du *Bhâratîya-Nâṭya-Çâstra*, et le seizième tout entier forment, dans la pensée de l'auteur, un traité suivi et complet de prosodie dramatique. C'est ce traité dont j'ai entrepris de donner une édition par le présent travail. J'ai eu à ma disposition à cet effet le même manuscrit de l'*Asiatic Society* de Londres et j'ai suivi la même méthode que pour ma précédente publication intitulée : Le dix-septième Chapitre du *Bhâratîya-Nâṭya-Çâstra*. Seulement, cette fois, je fais suivre mon texte d'une interprétation française tantôt littérale, tantôt analytique et tantôt sous forme de paraphrase, selon la nature et le style des divers passages didactiques de l'original. Les procédés différents auxquels j'ai dû avoir recours s'expliqueront d'eux-mêmes, je l'espère, pour quiconque en cherchera la raison. Quant aux exemples qui alternent avec les descriptions de mètres dans le seizième chapitre, je n'en ai traduit qu'un petit nombre choisis parmi ceux dont le texte est le mieux établi et le sujet le plus intéressant ou le plus gracieux.

Si l'on considère la *Métrique de Bharata* au point de vue des résultats scientifiques qui en découlent, on peut les résumer en disant que ce traité fait connaître une certaine quantité de mètres qui n'étaient pas décrits dans les ouvrages antérieurs, qu'il confirme la plupart des règles prosodiques déjà indiquées et qu'il nous révèle un bon nombre de petites pièces non sans valeur appartenant à la littérature érotique et descriptive des premiers temps de l'époque classique.

En ce qui regarde la détermination de sa date absolue ou relative, notre traité ne nous fournit aucune indication complètement concluante. On peut cependant poser en fait, surtout à la vue de plusieurs çlokas qui ne sont, de toute évidence, que l'amplification et la rédaction métrique de tel ou tel précepte de Piṅgala, que notre texte est postérieur à celui du *Chandaḥsûtra*. Mais, en revanche, la simplicité du style des exemples et l'absence de toute allusion soit aux personnages du *Râmâyaṇa*, soit à un prince quelconque protecteur du poète, nous montrent que nous avons affaire à des compositions étrangères au genre et aux habitudes qui ont prévalu dans le moyen âge, et appartenant, selon toute vraisemblance, à un cycle qui précède même la plus grande partie de ce qui nous reste de la littérature classique.

Un seul de ces exemples (xvi, 100) se retrouve parmi ceux que donne lui-même Halâyudha dans son commentaire sur le *Chandaḥsûtra*. L'unique conclusion à en tirer c'est que celui-ci l'a emprunté à Bharata ou à une source commune. D'ailleurs, on peut inférer de ce qu'en général Bharata et Halâyudha se servent d'exemples différents à l'appui de la description d'un mètre, identique que ces exemples ne représentent pas les vers mêmes dont une expression saillante a servi à l'origine à dénommer le mètre dont elle faisait partie. Il est vraisemblable, d'après cela, que de bonne heure chaque auteur d'un traité de métrique composait à son usage au moins une certaine quantité des vers dont il avait besoin comme paradigmes et y faisait entrer le nom, déjà consacré depuis un temps plus ou moins long, du mètre correspondant à chaque précepte prosodique.

Que Bharata, du reste, ait suivi ce qu'on pourrait appeler la coutume littéraire du genre dans la rédaction de cette partie de son ouvrage, c'est ce qui semble ressortir aussi de la méthode à laquelle il a recours : dans un traité de métrique spécialement consacré, il a soin de le dire, aux vers en usage dans la poésie dramatique, il fait consister presque exclusivement ses exemples en madrigaux ou en descriptions ayant un sens absolu et ne paraissant se rattacher à aucun titre à une pièce de théâtre quelconque. Il paraît bien certain qu'en ceci l'usage l'a emporté sur la logique et que notre auteur a cru devoir se conformer à l'habitude de ses devanciers au lieu d'employer la méthode si naturelle, mais insolite sans doute, de prendre ses exemples dans le genre littéraire même dont son but principal était de tracer les règles.

Une dernière remarque à faire, c'est qu'un assez grand nombre de mètres portent dans Bharata un nom différent de celui qui leur est donné par toute la série d'auteurs sanscrits publiés jusqu'ici qui ont traité de la métrique. On ne voit pas non plus que ces auteurs, quoique postérieurs à lui (abstraction faite de Piṅgala), l'aient jamais cité. Si l'on rapproche cette double circonstance d'un fait diamétralement opposé, à savoir, de la multiplicité des passages empruntés à Bharata qu'on rencontre dans les traités de rhétorique et les commentaires sur les drames, il convient, ce semble, d'en conclure que, placé en ce qui concerne la métrique sur un terrain un peu différent du sien, le législateur du théâtre hindou n'a pas obtenu à cet égard l'autorité qui lui est si complètement acquise en ce qui regarde la composition dramatique et l'analyse des sentiments qu'on doit mettre en œuvre sur la scène.

Je ne saurais mieux terminer ces rapides observations sur la *Métrique de Bharata* qu'en constatant les précieux, les indispensables secours que j'ai trouvés pour l'éditer et la traduire dans le mémoire de Colebrooke sur la *Poésie sanskrite et prâkrite* et dans le beau traité de M. Weber sur la métrique sanskrite, qui remplit le huitième volume des *Indische Studien*. L'éloge de ces savants travaux n'est plus à faire; mais quand on a eu comme moi l'occasion d'en tirer si largement profit, ce n'est que justice d'en affirmer à son tour l'excellence.

NÂṬYA-ÇÂSTRA

QUINZIÈME CHAPITRE

INTITULÉ CHANDOVIDHÂNA

— PARTIE FINALE —

. . . .

Kâraṇaç caiva mandraç ca madhyamas trividhaḥ svaraḥ |
Dhruvaṃ vidhânenaivâsya saṃpravakshyâmi lakshaṇaṃ || 1 ||
Vidhiḥ kâlakṛtaç caiva tathaivârdhakṛto bhavet |
Vṛttam ardhasamaṃ caiva vishamaṃ samam eva ca || 2 ||
Chandaso yasya pâdaḥ syâd dhîno vâdhika eva ca |
Vṛttaṃ nivṛd iti proktaṃ bhurik ceti dvijottamâḥ || 3 ||
Aksharâbhyâṃ sadâ dvâbhyâm adhikaṃ hînam eva vâ |
(Yac) chando nâmato jñeyaṃ svarâḍ api virâḍ api || 4 ||
Chandasâṃ tu bhaved eshâṃ bhedo naikavidhaḥ pṛthak |
Asaṃkhyaparimâṇâni vṛttâny âhur atho budhâḥ || 5 ||
Gâyatrîprabhṛtis tv eshâṃ pramâṇaṃ sa vidhîyate |
Prayogajâni sarvâṇi prâyas tâni bhavanti hi || 6 ||
Vṛttânâṃ hi catuḥshashṭir gâyatrî parikîrtitâ |

Çataṃ viṃçatir ashṭau ca vṛttâny ushṇig athocyate || 7 ||
Shaṭpañcâçac chatadve ca vṛttânâm apy anushṭubhaḥ |
Çatâni pañca vṛttânâṃ bṛhatyâ dvâdaçaiva tu || 8 ||
Paṅkteḥ sahasraṃ vṛttânâṃ caturviṃçatir eva ca |
Trishṭubho dvisahasre ca catvâriṃçat tathâshṭa ca || 9 ||
Sahasrâṇy atha catvâri navatiç ca shaḍuttarâ |
Jagatyâḥ samapâdânâṃ vṛttânâm iha sarvaçaḥ || 10 ||
Çatam ashṭau sahasrâṇi dvyadhikâ navatiḥ punaḥ |
Jagatyâm atipûrvâyâṃ vṛttânâṃ parimâṇataḥ || 11 ||
Çatâni trîṇy açîtiç ca sahasrâṇy atha shoḍaça |
Vṛttâni caiva çatvâri çakvaryâḥ parisaṃkhyayâ || 12 ||
Dvâtriṃçac ca sahasrâṇi sapta caiva caṭâni ca |
Ashṭâshashṭiç ca vṛttâni hy âçrayanty atiçakvarîṃ || 13 ||
Pañcashashṭiḥ sahasrâṇi sahasrârdhaṃ ca saṃkhyayâ |
Shaṭtriṃçac caiva vṛttânâm ashṭau nigaditâni ca || 14 ||
Ekatriṃcat sahasrâṇi vṛttânâṃ ca dvisaptatiḥ |
Tathâ çatasahasraṃ ca chandasy atyashṭisaṃjñite || 15 ||
Dhṛtyâm api hi piṇḍena vṛttam âkalitaṃ mayâ |
Tathâ çatasahasre dve çatam ekaṃ tathaiva ca || 16 ||
Dvishashṭiç ca sahasrâṇi catvâriṃcac ca yogataḥ |
Catvâri caiva vṛttâni parisaṃkhyâni yâni tu || 17 ||
Atidhṛtyâṃ sahasrâṇi caturviṃçatir eva ca |
Tathâ çatasahasrâṇi pañcavṛtaṃ çatadvayaṃ || 18 ||
Ashṭâçîtiç ca vrttâṇi vṛttajñaiḥ kathitâni ca |
Kṛtau çatasahasrâṇi daça proktâni saṃkhyayâ || 19 ||
Catvâriṃçat tathâshṭau ca sahasrâṇi çatâni ca |
Pañca shaṭsaptatiç caiva vṛttânâṃ parimâṇataḥ || 20 ||
Tathâ çatasahasrâṇâṃ prakṛtau viṃçatir bhavet |
Sapta vai gaditaṃ hy atra navatiç caiva saṃkhyayâ || 21 ||
Sahasrâṇi çataṃ caiva dvipañcâçat tathaiva ca |
Vṛttâni parimâṇena vṛttajñair gaditâni tu || 22 ||
Catvâriṃçat tathaikaṃ ca lakshâṇâm atha saṃkhyayâ |
Vijñeyaṃ ca sahasrâṇâṃ navatiç caturuttarâ || 23 ||
Çatatrayaṃ samâkhyâtam âkṛtyâṃ caturuttaraṃ |

Jñeyaṃ çataṃ sahasrâṇâm açîtis tryadhikâ budhaiḥ || 24 ||
Ashṭâçîtiḥ sahasrâṇâṃ vṛttânâṃ shaṭ çatâni ca |
Ashṭau caiva tu vṛttâni vikṛtyâṃ gaditâni tu || 25 ||
Koṭiḥ shashṭyadhikâ yatra saptasaptâdhikâ tathâ
Sapta caiva sahasrâṇi vṛttânâṃ ca çatadvayaṃ || 26 ||
Shoḍaçottaram âkhyâtaṃ saṃkṛtyâṃ parimâṇataḥ |
Koṭitrayaṃ câbhikṛtyâṃ pañcatriṃçadbhir anvitaṃ || 27 ||
Pañcaçadbhiḥ sahasraiç ca caturbhir adhikais tathâ |
Catushṭayaçatânâṃ ca dvâtriṃçadbhiḥ samanvitaṃ || 28 ||
Shaṭkoṭayas tathotkṛtyâṃ lakshâṇâm ekasaptatiḥ |
Catuḥshashṭiḥ çatâny ashṭau sahasrâṇy ashṭa caiva hi || 29 ||
Sarveshâṃ chandasâṃ piṇḍaṃ koṭayo' tra trayodaça |
Çatâni sapta saptaiva sahasrâṇi daçaiva ca || 30 ||
Tathâ çatasahasrâṇâṃ dvicatvâriṃçad atra hi |
Shaḍviṃçatiç ca vṛttânâm itthaṃ cânantyam ucyate || 31 ||
Sarveshâṃ chandasâm evaṃ vṛttâṅgaṃ kathitaṃ mayâ |
Eteshâṃ tu punar jñeyaṃ trikair vṛttapravartanaṃ || 32 ||
Ekaṃ vâ viṃçatiṃ vâpi sahasraṃ koṭim eva vâ |
Sarveshâṃ chandasâm eva vṛttânâṃ vâ dvijottamâḥ || 33 ||
Jñeyâç câshṭau trikâs tatra svasaṃjñâbhiḥ pṛthak pṛthak |
Trîṇy aksharâṇi vijñeyaṃ triko yaḥ parikalpitaḥ || 34 ||
Gurulaghvaksharakṛtaḥ sarvavṛtteshu nityaçaḥ |
Gurupûrvo bhakâraḥ syân makâras tu gurutrikaṃ || 35 ||
Jakâro gurumadhyasthaḥ sakâro'ntagurus tathâ |
Laghumadhyasthito rephas takâro'ntalaghuḥ paraḥ || 36 ||
Laghupûrvo yakâras tu nakâraç ca laghutrayaṃ |
Ete hy ashṭau trikâḥ prajñair bodhavyâ brahmasaṃbhavâḥ || 37 ||
Lâghavârthaṃ punar amî chandomânam avekshya ca |
Asvarâḥ sasvarâç caiva procyante vṛttalakshaṇe || 38 ||
Gurv ekaṃ gativijñeyaṃ tathâ laghur iti smṛtaḥ |
Niyataḥ pâdavicchedo yatir ity abhidhîyate || 39 ||
Guru dîrghaṃ plutaṃ caiva saṃyogaparam eva ca |
Sânusvâravisargaṃ ca tathântyaṃ ca laghu kvacit || 40 ||
Sarveshâm eva vṛttânâṃ tadjñair jñeyâ gaṇâs trayaḥ |

Divyo divyetaraç caiva divyamânusha eva ca || 41 ||
Gâyatry ushṇig anushṭup ca bṛhatî paṅktir eva ca |
Trishṭup ca jagatî caiva divyo yaḥ prathamo gaṇaḥ || 42 ||
Tathâtijagatî caiva çakvarî câtiçakvarî |
Ashṭir atyashṭir api ca dhṛtiç câtidhṛtir gaṇaḥ || 43 ||
Kṛtiç ca prakṛtiç caivâpy âkṛtir vikṛtis tathâ |
Saṃkṛtyabhikṛtiç caiva utkṛtir divyamânushaḥ || 44 ||
Gâyatrî dvau trikau jñeyâv ushṇik caivâdhikâksharau |
Anushṭub dvyadhikâ caiva bṛhatî tu trikâs trayaḥ || 45 ||
Ekaksharâdhikâ paṅktis trishṭub (hi) dvyadhikâksharâ |
Catus trikâḥ tu jagatî saikâtijagatî punaḥ || 46 ||
Çakvarî dvyadhikâ caiva trikâḥ pañcâtiçakvarî |
Ekâdhikâksharâshṭiç ca dvyadhikâtyashṭir ucyate || 47 ||
Shaṭ trikâs tu dhṛtiḥ proktâ saikâ câtidhṛtis tathâ |
Kṛtiç ca dvyadhikâ proktâ prakṛtiḥ sapta vai trikâḥ || 48 ||
Âkṛtir (api ca saikâ) dvyadhikâ vikṛtis tathâ |
Ashṭa trikâḥ saṃkṛtiḥ syât saikâ câbhikṛtiḥ punaḥ || 49 ||
Utkṛtir dvyadhikâ caiva vijñeyâ gaṇalâbhataḥ |
Ata ûrdhvaṃ (tu) pâdânâṃ (mâtrâ)vṛttâçritâ gaṇâḥ || 50 ||
Evaṃ tu chandasâm eshâṃ prastâravidhisaṃçrayaṃ |
Lakshaṇaṃ saṃpravakshyâmi nashṭoddishṭaṃ tathaiva ca || 51 ||
Prastâro' ksharanirdishṭaḥ samâtroktas tathaiva ca |
Dvikau glâv iti varṇauktau mandrâv ity api mâtrikâ || 52 ||
Guror adhastâc (ca) yasya prastâre laghu vinyaset |
Agratas tu samodeyâ guravaḥ pṛshṭhatas tathâ || 53 ||
Prathamaṃ gurubhir varṇair laghubhis tv (avasânakaṃ) |
Vṛttaṃ tu sarvachandasu prastâravidhir esha tu || 54 ||
Gurv adhastâl laghu nyasya tato dvir dvir yathoditaṃ |
Nyaset prastâramârgo 'yam aksharoktas tu nityaçaḥ || 55 ||
Mâtrâsaṃkhyâvinirdishṭo gaṇair mâtrâvikalpitaḥ |
Çishṭau glâv iti vijñeyaḥ pṛthag vîkshya vibhâgataḥ || 56 ||
Mâtrâgaṇo guruç caiva laghunî ca vilakshitaiḥ |
Âryâṇâṃ sa caturmâtraḥ prastâraiḥ parikalpitaḥ || 57 ||
Prâkṛtaprakṛtînâṃ tu pañcamâtro gaṇaḥ smṛtaḥ |

Vaitâlîyaṃ puraskṛtya (piṇḍâtrâdyâs) tathaiva ca || 58 ||
Tryâksharâs tu trikâ jñeyâ laghugurvaksharânvitâḥ |
Mâtrâgaṇavibhâgas tu gurulaghvaksharâçrayaḥ || 59 ||
Antyâ dviguṇî tadrûpâ dvir dvir evaṃ guror bhavet ||
Dviguṇaṃ ca laghoḥ kṛtvâ saṃkhyâpiṇḍena nirdiçet || 60 ||
Âdyaṃ sarvagurum jñeyaṃ vṛttaṃ tu samasaṃjñitaṃ |
Koçe tu sarvalaghv antyaṃ miçraṃ ceshâṇi sarvaçaḥ || 61 ||
Vṛttânâṃ tu samânânâṃ saṃkhyâ saṃyojyatâvatî |
Râçyûnam ardhavishamân samâsâd iti nirdiçet || 62 ||
Ekâdyâṃ ca tathâ saṃkhyâṃ chandaso viniveçya ca |
Yâvat pûrṇaṃ tu pûrveṇa pûrayed uttaraṃ tathâ || 63 ||
Evaṃ kuryât tu pûrveshâṃ pûrvaṃ pûrvasya pûraṇaṃ |
Kramân naidhanam ekaikaṃ pratilomaṃ vivarjayet || 64 ||
Sarveshâṃ chandasâṃ vakshye laghvaksharaviniçcayaṃ |
Jâtitaḥ samavṛttânâṃ saṃkhyâṃ saṃkshepatas tathâ || 65 ||
Vṛttâṅgaparimâṇaṃ tu hitvârdhena yathâkramaṃ |
Nyaçel laghu tathâ saikaṃ hitvârdhena guru nyaçet || 66 ||
Evaṃ vinyasya vṛttânâṃ nashṭoddishṭavibhâgataḥ |
Gurulaghvaksharâṇîha sarvachandasu darçayet || 67 ||
Iti chandâṃsi jâtâni mayoktâni dvijottamâḥ |
Dhruvâṇy eteshu nâṭye'smin prayojyâni nibodhata || 68 ||

Iti bhâratîye nâṭye çâstre vâcikâbhinaye chandovidhânaṃ
nâma pañcadaço'dhyâyaḥ.

NOTES

V. 1, *a*. *Trividhaḥ svaraḥ;* ms. *trividhasvarâḥ.*

— — *b*. *Dhruvam;* ms. *dhruvâ; l'â* est très souvent pour *a* suivi de l'anusvâra.

V. 2, *a*. *Vidhiḥ;* ms. *vidhim.*

— — *b*. *Vishamam;* ms. *shadvâ.*

V. 3, *b*. *Bhurik;* ms. *guruk.*

V. 4, *b*. (*Yac*)*chando ;* ms. *sacchando.*

V. 5, *a*, *Eshâm;* ms. *eshâ*. — *bhedo naika°;* ms. *bhede neka°.*

V. 6, *a*. Je considère *gâyatriprabhṛtiḥ* comme un composé possessif se rapportant à un substantif masculin sous-entendu signifiant l'ensemble des types métriques « à commencer par la *gâyatrî.* »

V. 11, *a*. *Dvy;* ms. *py* ou *vy.*

V. 12, *a*. *Shoḍaça;* ms. *shoḍâçâ.*

V. 13, *b*. *Ashṭâ°;* ms. *ashṭau.*

V. 14, *b* *Ashṭau;* ms. *ashṭâ.*

V. 15, *a*. *ekatriṃçat;* ms. *ekatriṃças.*

V. 17, *b*. *Parisaṃkhyâni;* ms. *çatasaṃkhyâni.*

V. 18, *b*. *Pañcavṛta°;* ms. *pañcavṛtta°.*

V. 21, *a*. *Prakṛtau;* ms. *prakṛtâ.*

V. 23, *a*. *Lakshâṇâm;* ms. *lakshaṇâm.*

— — *b*. *Vijñeyaṃ ca;* ms. *vijñeyâ shṭa.*

— — *b*. *Navatiç caturuttarâ;* ms. *navatiṃç caturushaḍuttarâ.*

V. 24, *b*. *Açîtis try°;* ms. *acîtisy°.*

V. 25, *b*. *Caiva;* ms. *ceva*. — *Vikṛtyâm;* ms. *jagatyâm.*

V. 26, *a*. *Sashṭyadhikâ* désigne ici, comme *pañcatriṃçadbhir* au vers suivant, les unités qui précèdent les *koṭis* (ou les dizaines de millions), c'est-à-dire *soixante* (centaines de mille) ou six millions ; de même le composé insolite qui suit, *saptasaptâdhikâ*, s'applique aux centaines et aux dizaines de mille et signifie *sept* (cent mille) plus *sept* (dizaines de mille) ou soixante-dix mille.

V. 28, *b*. *Catushṭaya°;* ms. *catushṭayam*. — *Dvâtriṃçadbiḥ samanvitam;* ms. *dvâtriṃçat samanvitam.*

V. 29, *a*. *Lakshâṇâm;* ms. *lakshaṇâm.*

V. 31, *b*. *Cânantyam;* ms. *cânandyam.*

V. 32, *b*. *Vṛttâṅgam*; ms. *vṛttaṃca* Cf. v. 60 *a*.

V. 34, *a*. *Trikâs*; ms. *trikas*.

— — *b*. *Vijñeyam*; ms. *vijñeyâ*. — *Triko yaḥ*; ms. *trikoçaḥ*. — *Parikalpitaḥ*; ms. *parikalpitâḥ*. — Les adjectifs pris substantivement et employés comme expressions techniques de prosodie tels que *trika*, *akshara*, *guru*, *laghu*, etc. reçoivent, à ce qu'il semble, tous les genres dans notre texte, selon le mot sous-entendu auquel l'auteur les fait rapporter mentalement et selon aussi les exigences purement accidentelles du vers. Cf. v. 39, où la liberté prise par l'auteur à cet égard est frappante.

V. 35, *a*. *Gurulaghv°*; ms. *gurulaghy°*.

— — *b*. *Gurutrikam*; ms *gurus trikam*.

V. 36, *a*. *'ntagurus*; ms. *'ntargurus*.

V. 36, *b*. *Tâkâro' ntalaghuḥ*; ms. *sakâro ntallaghuḥ*.

V. 39, *a*. *Vijñeyam*; ms. *vijñeyaḥ*.

— — *b*. *Niyataḥ*; ms. *niyatâḥ*. — *Pâda°*; ms. *pada°*.

V. 40, *b*. *Sânusvâravisargam*; ms. *sânusâravisargaç*.

V. 42, *a*. *Gâyâtry ushṇig*; ms. *gâyatṛ shṇig*. — *Pañktir*; ms. *pandatir*.

— — *b*. *Yaḥ*; ms. *yâ*.

V. 43, *a*. *Tathâtijagatî*; ms. *tathâtrijagatî*. — *Câtiçakvarî*; ms. *vâtraçakvarî*.

— — *b*. *Câtidhṛtir*; ms. *cânidhṛtir*.

V. 44, *a*. *Caivâpy âkṛtir*; ms. *caiva vyâkṛtir*.

— — *b*. La régularité grammaticale exigerait *saṃkṛtyabhikṛti*, je conserve néanmoins la leçon du ms. qu'appuient, ce me semble, les licences fréquentes du même genre auxquelles nous avons affaire.

V. 45, *Anushṭub*; *anushṭa*,

V. 46, *a*. *Paṅkhtis*; ms. *pañjnis*. — *Trishṭub* (*hi*); ms. *tṛshṭuvy*.

— — *b*. *Catustrikâḥ*; ms. *catustrikâ*.

V. 47, *a*. *Dvyadhikâ*; ms. *vyadhikâ*.

— — *b*. *Ekâ°*; ms. *etâ°*.

V. 48, *a*. *Câtidhṛtis*; ms. *vâtidhṛtis*.

— — *b*. *Trikâḥ*; ms. *trikâ*.

V. 49, *a*. (*Api ca saikâ*); ms. *vadhikaite*. — *Dvyadhikâ*; ms. *vyadhikâ*.

V. 50, *a*. *Utkṛtir*; ms. *utkṛtya*.

— — *b*. (*tu*) syllabe que je suppléée au premier pâda, où il en manque une au ms. — *pâdânâm*; ms. *padânâm*. — (*Mâtrâ*); ms. *mâlâ*.

V. 51, *a*. *°saṃçrayaṃ*; ms. *°saṃçrayaḥ*.

— — *b*. *Nashṭoddishṭam*; ms. *nashṭodishṭam*. — Cf., pour le texte de ce vers et des suivants, *Ind. Stud.* VIII, 427, note * *.

V. 52, *b*. *Dvikau*; ms. *dvitau*.

V. 53, *a*. *Guror adhastâc* (*ca*); ms. *gurodathastâdâd*.

V. 54, *a*. (*Avasânakam*); ms. *avasânajam*.

V. 55, *a*. *Gurv adhastâl*; ms. *gurv atastâl*

— — *b*. *°mârgo' yam*; ms. *°mârgeyam*.

V. 56, *b*. *Vijñeyaḥ*; ms. *vijñeya*.

V. 57, *b*. *Caturmâtraḥ*; ms. *caturmâtrâ*.

V. 58, *b*. (*Piṇḍâtrâdyâs*), leçon du ms., mais qui ne semble pas donner de sens.

V. 59, *b*. *°laghv°*; ms. *°laghy°*.

V. 61, *b. Sarvalaghv antyam ;* ms. *sarvalaghyantyam.*

V. 62, *b. Râcyûnam ;* ms. *râochûnam.* — *°vishamân ;* ms. *°vishamâ.* — Cf,. pour le texte de ces vers, *Ind. Stud.* VIII, 326-9.

V. 63, *b. Pûrṇam ;* ms. *ghûrṇam.* — *Uttaram ;* ms. *uttaras.*

V. 65, *b. Saṃkhyâm ;* ms. *saṃkhyâ.*

V. 66, *b. Hitvâ ;* ms *jitvâ.*

V. 67, *a. Nashṭoddishtavibhâgataḥ ; nashṭorddishṭavibhaṃgataḥ.*

V. 68, *b. Eteshu ;* ms. *evṛteshu.*

Titre. — *Vâcikâbhinaye ;* ms. *vâcikâdinaye.*

SEIXIÈME CHAPITRE

INTITULÉ CHANDOVICITI

Âdye punar antye pâde guruṇî cet |
Vṛttaṃ tanumadhyâ gâyatrîsamutthâ || 1 || Yathâ
Saṃtyaktavibhûshâ bhrashṭâ (jaḍa)netrâ |
Hastârpitapattrâ kiṃ tvaṃ tanumadhyâ || 2 ||
Laghuguṇa âdye bhavati catushke |
Guruyugam ante (makarakaçîrshâ) || 3 || Yathâ
Svayam upayântâ bhajasi na kântâ |
Dayakarî kiṃ tvaṃ (makarakaçîrshâ) || 4 ||
Ekamâtrâṃ shaṭke syâd dvitîyaṃ pâde |
Khyâtarûpâ vṛtte mâlinî sâ nâmnâ || 5 || Yathâ
Snânagandhâdhikyair vastrabhûshâyogaiḥ |
Vyaktam (evaishâ ¯) mâlinî prakhyâtâ || 6 ||
Rsau trikau yadi pâde aksharaṃ ca gakâraḥ |
Ushnigudgatapâdâ uddhatâ khalu nâmnâ || 7 || Yathâ
Dantakuntakṛtâkaṃ vyâkulâlakaçobhaṃ |
Çaṃsati ˘ ˘ ¯ ¯ nirbhayaṃ ratayuddhaṃ || 8 ||
Pâde yadi (˘ ¯ tsau) samyagviracitârthau |

Ante yadi gakâraḥ syât sâ bhramaramâlâ || 9 || Yathâ
Nânâkusumacitre prâpte surabhimâse |
Eshâ bhramati pushpe mattâ bhramaramâlâ || 10 ||
Ṛjau tu yasya gau ca pâde saṃsthitau samau kṛtau cet |
Tâm anushṭubâçrayasthâṃ jñâpayanti siṃhalîlâṃ || 11 || Yathâ
Yat tvayâ hy anekabhâvâc ceshṭitaṃ rataṃ sugâtri |
Tan mano mama pravishṭaṃ vṛttam atra siṃhalîlaṃ || 12 ||
Yadâ pade jarau salau gakâra eva ca sthitaḥ |
Anushṭubudbhavaṃ tathâ vadanti mattaceshṭitaṃ || 13 || Yathâ
Vighûrṇitekshaṇâ tathâ vilambitâlakâkulâ |
Asaṃsthitaiḥ padaiḥ priyâ karoti mattaceshṭitaṃ || 14 ||
Mau gau cântyau yasyâḥ pâde pâdasyânte vicchedaç ca |
Sâ cânushṭubvacchandasy uktâ nityaṃ sadbhir vidyunmâlâ || 15 || (Yathâ)
Sândrâmbhobhir nânâmbhodaiḥ çyâmâkârair vyâptair vyomni |
Âdityâṃçuspardhiny eshâ dikshu bhrântâ vidyunmâlâ || 16 ||

Shaḍ iha yadi laghûni syur
nidhanagatamakâraç cet |
Budhajanabṛhatîsaṃsthâ
bhavati madhukarî nâmnâ || 17 || Yathâ
Kusumitam (iha) paçyantî
vividhataruganaiç channaṃ |
Vanam anilasugandhâḍhyaṃ
bhramati madhukarî hṛshṭâ || 18 ||
Trîṇy âdau yadi hi gurûṇi syuç
catvâro yadi laghavo madhye |
Paṅktâv antagatamakâraḥ syâd
vijñeyâ kuvalayamâlâ sâ || 19 || Yathâ
Asmiṃs te bhramaranibhe kânte
nânâratnaracitabhûshâḍhye |
Çobhâm âvahati çubhâ mûrdhni
protphullâ kuvalayamâleyaṃ || 20 ||
Ṛjau trikau tu pâdagau tu yasyâṃ
ṛgau ca saṃçritau tathâ samastau |
Paṅktiyogasupratishṭhitâṅgî

sâ mayûrasâriṇîti nâmnâ || 21 || Yathâ
Naiva te'sti saṃgamo manushye
nâpi kâmabhogacittam anyat |
Garbhiṇîva dṛçyase hy anârye
kiṃ mayûrasâriṇi tvam eva || 22 ||
Bhau tu bhagau giti yasya gaṇâs (tu)
syâc ca yatis tricaturbhir athoktâ |
Traishṭubham eva ca tat khalu nâmnâ
dodhakavṛttam iti pravadanti || 23 || Yathâ
Praskhalitâgrapadapravicâraṃ
mattavighûrṇitagâtravinâmaṃ |
Paçya vilâsini kuñjaram enaṃ
dodhakavṛttagatiṃ prakaroti || 24 ||
Âdau dve pañcamaṃ caivâpy ashṭamaṃ naidhanaṃ tathâ |
Gurûṇy ekâdaçe pâde yatra tat toṭakaṃ yathâ || 25 ||
Esho'mbudanisvanatulyaravaḥ
kshîṇaskhalamâna(viḍamba ˘ ¯) |
(Çṛutvaugha¯) garjitam adritaṭe
vṛkshân pratikoṭayate dviradaḥ || 26 ||
Navamaṃ saptamaṃ shashṭhaṃ tṛtîyaṃ ca laghûny api |
Yatraikâdaçake pâde indravajreti sâ yathâ || 27 ||
Tvaṃ durnirîkshâ duritasvabhâvâ
duḥkhaiḥ ˘ sâdhyâ ˘ ˘ naikabhâvâ |
Sarvâsv avasthâsu na kâmatantre
yogyâsi kiṃ vâ bahunendravajrâ || 28 ||
Ebhir eva tu saṃyukto laghubhis traishṭubhî yadâ |
Upendravajrâ vijñeyâ laghv âdâv iha kevalaṃ || 29 || Yathâ
Çriyâ ca varṇena viçeshaṇena
smitena kântyâ sukumârabhâvât |
Amî guṇâ rûpaguṇânurûpâ
bhavanti te kiṃ ca mukhendravandyâ || 30 ||
Âdyaṃ tṛtîyam antyaṃ ca saptamaṃ navamaṃ tathâ |
Gurûṇy ekâdace pâde yatra sâ tu rathoddhatâ || 31 || Yathâ
Kiṃ tvayâ subhaga dûravarjitaṃ

nâtmano na (suhṛdaḥ priyaṃ kṛtaṃ) |
Yat palâyanaparâyaṇasya te
yâti dhûlir adhunâ rathoddhatâ || 32 ||
Âdyaṃ tṛtîyam antyaṃ ca saptamaṃ daçamaṃ tathâ |
Gurûṇi traishtubhe pâde yatra sâ svâgatâ yathâ || 33 ||
(Adya ¨) saphalam âyatanetre
jîvitaṃ madanasaṃçritabhâvaṃ |
Âgatâsi bhavanaṃ mama yasmât
svâgataṃ tava varoru nishîda || 34 ||
Shashṭhaṃ ca navamaṃ caiva laghu syât traishtubhe sati |
(Caturbhir) âdyair vicchedaḥ sâ jñeyâ çâlinî yathâ || 35 ||
Çîlabhrashṭe nirguṇe yâḥ pralâpâ
loke jñâtvâ hy apriyaṃ na bravîshi |
Âryâçîlaṃ sâdhv ahe tena vṛttaṃ
mâdhuryât syâḥ sarvathâ çâlinî tvaṃ || 36 ||
Yadi so' tra bhavet tu samudrasamas
trishu câpi tathâ niyamena yatiḥ |
Satataṃ jagatîvihitaṃ hi tato
gaditaṃ khalu toṭakavṛttam idaṃ || 37 || Yathâ
Kim idaṃ kavaṭâçrayadurvishahaṃ
bahugarja(viḍambana)rûkshakathaṃ |
Svajanapriyadurjanabhedakaraṃ
na tu toṭakavṛttam idaṃ kurute || 38 ||
Ryau trikau tathâ (nyau) yadi khalu pâde
shaḍbhir eva varṇair yadi ca yatiḥ syât |
Nityasaṃnivishṭâ jagatîvidhâne
nâmataḥ prasiddhâ kumudanibhâ sâ || 39 || Yathâ
Kâmabâṇaviddhâ kim asi natabhrû
çîtapâtadagdhâ malinîva ¯ ¯ |
Pâṇḍuvaktra ¯ ¯ katham asi jâtâ
agrataḥ sakhînâṃ kumudanibhâ tvaṃ || 40 ||
Dvâdaçâksharake pâde saptamaṃ daçamaṃ laghu |
Âdau pañcâkshare chedaç candralekheti sâ yathâ || 41 ||
Vaktraṃ saumyaṃ te padmapattrâyatâkshaṃ

kâmasyâbhâsaṃ subhruvaç câvabhâsaṃ |
- - - - - - ⏑ - - ⏑ - -

- - - kânte candralekheva bhâsi || 42 ||

Tṛtîyam antyaṃ navamaṃ pañcamaṃ ca yadâ guru |
Dvâdaçâksharake pâde tadâ syât pramitâksharaḥ || 43 || Yathâ

Smitahâsinî hy acapalâ(pa)rushâ
nibhṛtâpavâdavimukhî satataṃ |
Yadi kasya cid yuvatir asti sukhaṃ
pramitâksharaḥ sa hi pumân jayati || 44 ||

Yadâ trikau jtau bhavatas tu (˘ pade)
tathaiva ca jrâv avasânasaṃsthitau |
Tadâ hi vṛttaṃ jagatîpratishṭhitaṃ
vadanti vaṃçasthamatîha nâmataḥ || 45 || Yathâ

Na (tat) priyaṃ yad bahudânavarjitâ
kṛtaṃ priyaṃ te parushâbhibhâshaṇaiḥ |
Tathâ ca paçyâmy aham adya vikramaṃ
dhruvâ ha vaṃçasthamatiḥ karishyati || 46 ||

Caturtham antyaṃ daçamaṃ saptamaṃ ca yadâ guru |
Bhavati jâgate pâde tadâ syâd dhariṇaplutaḥ || 47 || Yathâ

Parushavâkyakaçâbhihatâ tvayâ
bhayavilokanavâganirîkshaṇâ |
Paratanupratataplutasarpaṇair
anukaroti gatair hariṇaplutaṃ || 48 ||

Saptamaṃ navamaṃ câtyam upântyaṃ ca yadâ guru |
Dvâdaçaksharake pâde kâmadatteti sâ smṛtâ || 49 || Yathâ

Karajapadavidûshitâ yathâ tvaṃ
sudati daçanavikshatâdharâ ca |
Gatir api caraṇâvalagnamandâ
tvam asi mṛgasamâkshi kâmadattâ || 50 ||

Âdyaṃ caturthaṃ daçamaṃ saptamaṃ ca yadâ laghu |
Dvâdaçâksharake pâde aprameyâ tathâ hi sâ || 51 || (Yathâ)

Na te kâ cid anyâ samâ dṛçyate strî
guṇair vâ dvitîyâ tṛtîyâpi vâsmin |
Mameyaṃ matir lokam âlokya sarvaṃ

jagaty aprameyâ visṛshṭâ vidhâtrâ ‖ 52 ‖
Râs trikâḥ sâgarâkhyâ nivishṭâ yadâ
syâd (dvitîye) trike yuktarûpâ yatiḥ |
Saṃnivishṭâ jagatyâṃ tataḥ sâ budhair
nâmataç câpi saṃkîrtyate padminî ‖ 53 ‖ Yathâ
Dehitoyâçayâ vaktrapadmotpalâ
netrabhṛṅgâkulâ dantahaṃsaiḥ sitâ |
Keçapâç(âcchadâ) cakravâkastanî
padminîva priye bhâsi me sarvadâ ‖ 54 ‖
Yadi caraṇanivishṭau nau tathâ myau
yatividhir api yuktyâshṭâbhir ishṭâ |
Bhavati (ca) jagatîsthaḥ (sarvadâsâv)
iha hi tu puṭavṛttaṃ nâmatas tu ‖ 55 ‖ Yathâ
Upavanasalilânâṃ bâlapadmair
bhramaraparabhṛtânâṃ ‒ ˘ ‒ ‒ |
Samadagativilâsaiḥ kâminînâṃ
kathayati puṭavṛttaṃ pushpamâsaḥ ‖ 56 ‖
Dvitîyaṃ ca caturthaṃ ca navamaikâdaçau guru |
Vicchedo'tijagatyâṃ ca caturbhis tu prabhâvatî ‖ 57 ‖ Yathâ
Kathaṃ cid (âkulita)viçâlalocane
gṛhaṃ ghanair pihita ˘ ‒ niçâcare |
Acintayanty abhinavavarshavidyutaḥ
samâgatâ sutanu yathâ prabhâvatî ‖ 58 ‖
Trîṇy âdâv ashṭamopântye daçamaṃ naidhanaṃ tathâ |
Gurûṇy atijagatyâṃ tu tribhiç chedaḥ praharshaṇî ‖ 59 ‖ Yathâ
Bhâvasthair madhurakathaiḥ subhâvitair vâ
sâṭopâskhalitavilambitair gataiç ca |
Nânâṅgair harasi manâṃsi kâmukânâṃ
suvyaktaṃ hy atijagatî praharshaṇî tvaṃ ‖ 60 ‖
Shashṭhaṃ ca saptamaṃ caiva daçamaikâdaçaṃ laghu |
Trayodaçâkshare pâde jñeyaṃ mattamayûrakaṃ ‖ 61 ‖ Yathâ
Vidyunnaddhâḥ sendradhanudyotitadehâ
vâtoddhûtâç citrabalâkâkṛtaçobhâḥ |
Ete meghâ garjitanâdojjvalacihnâḥ

prâvṛṭkâlaṃ mattamayûrâḥ kathayanti || 62 ||
Âdau dve ca caturthaṃ câpy ashṭamaikâdaçe guru |
Antyopântye ca çakvaryâṃ vasantatilakâ yathâ || 63 ||
Citrair vasantakusumaiḥ ˘ ˘ keçahastâ
sragdâmamâlyaracanâsuvibhûshitâṅgî |
Nâgâvataṃsitavibhûshitagaṇḍapâlî
sâkshâd vasantatilakeva vibhâti nârî || 64 ||
Pañcâdau çakvarîpâde gurûṇi trîṇi naidhane |
Pañcâksharâdau ca yatir asaṃbâdhâ (hi) sâ yathâ || 65 ||
Mânî lokajñaḥ çrutakula ˘ ˘ çîlâḍhyo
yasmin saṃmânam asadṛçam adhikaṃ paçyet |
Gacchemaṃ tyaktvâ drutagatir aparaṃ deçaṃ
kîrṇâ nânârthair ˘ avanîyam asaṃbâdhâ || 66 ||
(Catur) âdau gurûṇi syur daçamaikâdaçe tathâ |
Antyopântye (ca) çakvaryâḥ pâde tu çarabhâ yathâ || 67 ||
Eshâ kântâ vrajati lalitâ vepamânâ
(âgacchantî) vanam urunagaiḥ saṃpravṛddhaṃ |
Hâhâ kashṭaṃ kim idam iti no ˉ ˘ ûḍhaṃ
vyaktaṃ krodhâc charabhalalitaṃ hantukâmaṃ || 68 ||
Âdau shaḍ daçamaṃ caiva laghûni syus trayodaçaṃ |
Yatra pañcadaçe pâde jñeyâ nândîmukhîti sâ || 69 || Yathâ
Na khalu vata kadâ cit krodhatâmrâyatâkshaṃ
bhrukuṭilavalibhaṅgaṃ dṛshṭapûrvaṃ tavâsyaṃ |
Kim iha bahubhir uktair yâ mamaishâ hṛdisthâ
tvam asi madhuravâkyâ devi nândîmukhî ca || 70 ||
Bhrau yadi nâç ca nityam iha caraṇaviracitâ
gaç ca tathâ ca vai bhavati nidhanam upagataḥ |
Syâd api câshṭim eva yadi satatam anugataṃ
tat khalu vṛttam atra vṛshabhagajavilasitaṃ || 71 || Yathâ
Toyadharaḥ sudhîraghanapaṭupa(ṭa)haravaḥ
sarvakadambanîpakuṭacakusumasurabhiṃ |
(Kandala)sendragopa˘ ˘ racitam avanitalaṃ
vîkshya karoty asau vṛshabhagajavilasitakaṃ || 72 ||
Yadâ (ymau) pâde (nsau) bhavata iha ced (rgau) tathâdau

tathâ shaḍbhiç cânte yatir api ca varṇair yadâ syât |
Tad apy ashṭau (nityaṃ) samanugatam evoktam anyaiḥ
prayogajñair vṛttaṃ pravaralalitaṃ nâmatas tu || 73 || Yathâ
Nakhâlîḍhaṃ gâtraṃ daçananihataṃ caushṭhagaṇḍaṃ
çiraḥ pushpair miçraṃ pravilulitakeçâlakântaṃ
Gatir mandâ caivaṃ vadanam api sândrântanetram
aho çlâghyaṃ vṛttaṃ pravaralalitaṃ kâmaveshaṃ || 74 ||
Caturbhis tasyaiva pravaralali(ta)sya trikagaṇair
yadâ bhlau gaç cânte bhavati caraṇe' tyashṭigadite |
Yadâ shaḍbhiç chedo bhavati yatimargeṇa vihitas
tadâ vṛtte vaishâ khalu çikhariṇî nâma gaditâ || 75 || Yathâ
Mahânadyâ bhoge pulinam iva te bhâti jaghanaṃ
tathâsyaṃ netrâbhyâṃ bhramarasahitaṃ paṅkajam iva |
Tanusparçaç câyaṃ (bhavati) sukumâro na parushaḥ
stanâbhyâṃ tuṅgâbhyâṃ çikhariṇînibhâ bhâsi dayite || 76 ||
Yadi hi caraṇe nsau mrau slau gaḥ kramâd viniveçitâ
yadi khalu yatiḥ shaḍbhir varṇais tathâ daçabhiḥ punaḥ |
Yadi ca vihitaṃ syâd atyashṭiprayogasukhâçrayaṃ
vṛshabhalalitaṃ vṛttaṃ jñeyaṃ tadâ hariṇîti vâ || 77 || Yathâ
Jalaninadaṃ çrutvâ garjaṃ madoccayadarpito
vilikhati mahîṃ darpâc chṛṅgair mṛgaḥ (pratinâdayan) |
Sa yuvativṛto goshṭhâd goshṭhaṃ prayâti ca nirbhayo
vṛshabhalalitaṃ citraṃ vṛttaṃ karoti ca çâdvale || 78 ||
Mbhau ntau ca syuç caraṇaracitau tgau ca (gaç ca pratishṭhâ)
chedaç ceshṭo yadi ca daçabhiḥ syât tathâdyaiç caturbhiḥ |
Atyashṭau ca pratiniyamitâ varṇataḥ spashṭarûpâ
yâ vijñeyâ dvijamunigaṇaiḥ çrîdharâ nâmataç ca || 79 || (Yathâ)
Snânaiç cûrṇaiḥ sukhasurabhibhir gandhalepaiḥ sudhûpaiḥ
pushpaiç cânyaiḥ çirasi racitair vastrayogaiç ca tais taiḥ |
Nânâratnaiḥ karakakhacitair aṅgasaṃbhogasaṃsthair
vyaktâ kânte kamalanilayâ çrîdharâ tvaṃ vibhâsi || 80 ||
Âdyaṃ caturthaṃ shashṭhaṃ ca daçamaṃ naidhanaṃ guru |
Tad vaṃçapattrapatitaṃ daçabhiḥ saptabhir yatiḥ || 81 || Yathâ
Esha gajo'drimastakataṭe kalabhaparivṛtaḥ

krîḍati vṛkshagulmagahane kusumabharanate |
Megharavaṃ niçamya muditaḥ pavanajavavaçât
sundari vaṃçapattrapatitaṃ punar api kurute || 82 ||
Yadâ dvir uditau hi pâdam abhisaṃçritau jsau trikau
tathaiva ca punas tayor nidhanam âçritau (ylau ca gaḥ) |
Sadâshṭir iti pûrvikâ yatir api svabhâvâd yadâ
vilambitagatis tadâ nigaditâ dvijair nâmataḥ || 83 || Yathâ
Vighûrṇitavilocanâ pṛthuvighûrṇahârâ punaḥ
pralambaracanâ calatskhalitapâdamandakramâ |
Na me priya(karaṃ) janasya bahumânarâgeṇa yan
madena vivaçâ vilambitagatiḥ kṛtâ tvaṃ priye || 84 ||
Pañcâdau pañcadaçakaṃ dvâdaçaikâdaçe guru |
caturdaçam (ante) dve ca citralekhâ budhaiḥ smṛtâ || 85 || Yathâ
Nânâratnâḍhyair bahubhir adhikaṃ bhûshaṇair aṅgasaṃsthair
nânâgandhâḍhyair madanajananair aṅgarâgair vicitraiḥ |
Keçaiḥ snânâḍhyaiḥ kusumaracitais taiḥ ˘ - - ˘ - -
kânte saṃkshepât kim iti bahunâ citralekheva bhâsi || 86 ||
Msau jsau tau gatha ca prayoganiyatau yasmin nivishṭâs trikâ
âdyâ câtra yatiç catustrikayutâ jñeyâ (tathâ) saptabhiḥ |
Nityaṃ yat padam âçritaṃ hy atidhṛtiṃ nityaṃ kavînâṃ priyaṃ
tad jñeyaṃ (pada)vṛttajâtanipuṇaiḥ çârdûlavikrîḍitaṃ || 87 || Yathâ
Nânâçastra ˘ - ˘ tomarahataḥ prabhrashṭasarvâyudhâ
nirbhagnodarabâhuvaktranayanâ nirbhâsitâḥ çatravaḥ |
Dhairyotsâhaparâkramaprabhṛtibhis tais tair vicitrair guṇair
vṛttaṃ te ripughâti - ˘ samare çârdûlavikrîḍitaṃ || 88 ||
Mrau bhnau ybhau lgau ca samyag yadi ca (hi) vihitâḥ pâde kramavaçâd
vicchedaḥ saptabhiḥ syât punar api ca yatiḥ saptâksharakṛtâ |
Yady eshâ saṃçritâ syât kṛtim api ca punaḥ çishṭâksharapadâ
vidvadbhir vṛttajñais (tattvata) iha gaditâ nâmnâ suvadanâ || 89 || Yathâ
. . . .
. . . . || 90 ||
Mrau bhnau yau yaç ca samyag yadi hi viracitâḥ syus trikâḥ pâdayoge
varṇaiḥ pûrvopadishṭair yatir api ca punaḥ saptabhiḥ saptabhiḥ syât |
Vṛttaṃ samyag yadi syât prakṛtim anugataṃ tattvavidbhiḥ pradishṭaṃ

vijñeyaṃ vṛttajâtau kavivaradayitaṃ sragdharaṃ nâmatas tu || 91 || Yathâ

Lûtâçokâravindaiḥ kuravakuṭilakaiḥ karṇikâraiḥ çirîshaiḥ
pumnâgaiḥ pârijâtaiḥ svakulakuravakaiḥ kiṃçukaiḥ sâtimuktaiḥ |
Etair nânâprakârair adhikasurabhibhir viprakîrṇaiç ca tais tair
vâsantaiḥ pushpavṛndair naravaravasudhâ sragdharevâdya bhâti || 92 ||
Bhrau caraṇe yadâ viniyatau trikau kramavaçât tathâkṛtividhau
nrau ca tataḥ paraṃ ca niyatau tathântaram api ˘ ¯ ˘ ˘ punaḥ |
Syâc ca daçasthavarṇaviratiḥ (sadaiva tu) samartham eva racitaṃ
bhadrakavṛttam eva khalu ¯ ˘ ¯ ˘ kuçalaiḥ smṛtau (ca) gaditaṃ || 93 || Yathâ
Udyatam ekahastacaraṇaṃ dvitîyakararecakaṃ salalitaṃ
vaṃçamṛdaṅgavâdyamadhuraṃ vicitrakaraṇânvitaṃ bahuvidhaṃ |
Madrakavṛttam eva subhagair vidagdhagatibhiḥ ˘ ¯ salilatair
nitya(suvidrutâ)kulapadaṃ varoru lalitakriyaṃ samabhavat || 94 ||
Yadi ca nakârasaṃjñakagaṇaḥ pade viracitas tathaiva ca lagau
yadi ca jabhau jabhâv api jabhau krameṇa na khalûktam anyad aparaṃ |
Yadi ca samâçritaṃ hi vikṛtiṃ yatiç ca daçabhis tathaikasahitais
tad iha sukîrtitaṃ kaviganair viçuddhiparîtais tataç ca lalitaṃ || 95 ||
Rathahayanâgayaudhapurushaiḥ sasâkulam alaṃ(kṛtaṃ) samuditaṃ
˘ ˘ çaraçaktikuntaparighâsiyashṭivivṛtaṃ ca saṃpraharanaṃ |
˘ ˘ ˘ ˘ ¯ ˘ ¯ ˘ ˘ ˘ ¯ ˘ ¯ ˘ ˘ ˘ ˘ ¯ ˘ ¯ ˘ ˘ ˘ ¯
˘ ˘ abhivîkshya saṃyugamukhe samîpsitaguṇaṃ tvayâ ca lalitaṃ || 96 ||

Yadi khalu caraṇasthitau nau trikau
shaṭ tu râkhyâḥ sthitâs taiḥ paraṃ syât kramâd
bhavati yadi yatis tathâ saptabhiḥ
saptabhiç câksharaiḥ sadbhir uktâksharâ |
Satatam upanivishṭadehâ tathâ
saṃskṛtau sûribhiḥ saṃyatâ dṛçyate
ata iha paribhâshitâ çâstravidbhis
tv iyaṃ meghamâlâtha vâ (daṇḍikâ || 97 || Yathâ
Pavanabalasamâhatâ tîvranâdâ
balâkâvalîmekhalâçobhitâ
kshitidharasadṛça(tva)rûpâ
mahânîladhûmañjanâbhâmbugarbhopamâ |
Surapatidhanurujjvalâ

bandhakashyâtatidyotasannâ ˘ ¯ ojjvalà
gaganatalavisârini prâvṛḍadbhyonnatâ
meghamâlâdhikaṃ çobhate || 98 ||
Bhmau yadi pâde sbhâv api ceshtâv
abhikṛtir iha khalu budhajanavihitâ
nâç ca samudrâḥ syur vinivishṭâ
yadi ca khalu gurur iha nidhanagamitaḥ |
Pañcabhir âdau ced yatir ishṭâ
punar api yatir iha yadi khalu daçabhiḥ
krauñcapadeyaṃ vṛttavidhâne
suragaṇapitṛgaṇamunibhir abhihitâ || 99 || Yathâ
Yâ kapilâkshî piṅgalakeçî kalirucir
anudinam anunayakathinâ
dîrghatarâbhiḥ sthûlaçirâbhiḥ
parivṛtavapur atiçayakuṭilagatiḥ |
Âyatajaṅghâ nimnakapolâ
laghutarakucayugaparigatahṛdayâ
sâ parihâryâ krauñcapadâ strî
dhruvam iha niravadhi sukham abhilashatâ || 100 ||
Yasmin (mau tnau nau rsau) nityaṃ prati caraṇam
atha ca (tu lagau trikau) hy anupûrvaçaḥ
shaḍviṃçâyâm etasyâṃ sâ yadi khalu yatibhir
abhihitâ caturbhir athâshṭabhiḥ |
¯ ¯ ¯ ¯ ¯ ¯ ¯ ¯ yadi bhavati
manujadayitaṃ samâçritam utkṛtau
namnâ vṛttaṃ loke khyâtaṃ
Kavivadanavikasanaparaṃ bhujaṅgavijṛmbhitaṃ || 101 || Yathâ
Rûpopetâṃ devaiḥ pushṭaṃ samadagajavilasitagatiṃ
nirîkshya ˘ ¯ ˘ ¯
¯ ¯ ¯ prâptâṃ drashṭuṃ bahuvadananayanasahitaṃ
tiraḥkṛtavân haraḥ |
Dîrghaṃ niçvasyântargûḍhaṃ
stanavadanajaghanakalitâṃ nirîkshya tathâ punaḥ
pushṭaṃ nyastaṃ devendreṇa ˘ ˘ ˘

maṇikanakavalayaṃ bhujaṅgavijṛmbhitaṃ || 102 ||
Dandakaṃ nâma vijñeyam · · · · · aksharaṃ
Meghamâlâ · · · · câdau nau · · · · · || 103 || Yathâ
Muditaja(na)padâkulâ sphîtasasyâkarâ
bhûtadhâtrî bhavantaṃ samabhyarcate
dviradakaraviluptahintâlatâlîvanâs
tvâṃ namasyanti vindhyâdayaḥ parvatâḥ |
Sphaṭikakalaçagîrṇamuktâvalî ⁻ ˘ ⁻
ûrmihastair namasyanti vaḥ sâgarâ
muditajalacarâkulâḥ saṃprakîrṇâmalâḥ
kîrtayantîva kîrtiṃ mahânimnagâḥ || 104 ||
Etâni samavṛttâni mayoktâni dvijottamâḥ |
Vishamârdhasamânâṃ tu punar vakshyâmi lakshaṇaṃ || 105 ||
Yatra pâdâs tu vishamâ nânâvṛttasamudbhavâḥ |
Grathitapâdayogena tad vṛttaṃ vishamaṃ smṛtaṃ || 106 ||
Samâv ekântarau pâdau dvau dvâv ardhasamau smṛtau |
Sarvapâdais tu vishamair vṛttaṃ vishamam ucyate || 107 ||
Hrasvâdyam atha dîrghâdyaṃ dîrghaṃ hrasvam athâpi vâ |
Yugmaujavishamaiḥ pâdair vṛttam ardhasamaṃ smṛtaṃ || 108 ||
Pâde siddhe samaṃ siddhaṃ vishamaṃ sarvapâdikaṃ |
Pâdadvayasya saṃsiddhau siddham ardhasamaṃ punaḥ || 109 ||
· · · yan mayâ proktaṃ samavṛttavikalpanaṃ |
Trikair vishamavṛttânâṃ saṃpravakshyâmi lakshaṇaṃ || 110 ||
Naidhanâbhyantarasyartaṃ prathame pâday ishyate |
Dvitîye caraṇe ca syâd · · · · · · · · || 111 ||
Sau gau ca prathame pâde srau glau câpi dvitîyake |
Evam yugmaujakau jñeyau pathyâvṛtte trikau yathâ' || 112 ||
Priyadaivatamitrâsi priyasaṃbandhipaṇḍavâ |
Priyadânava ⁻ ⁻ ⁻ yady api tvaṃ priyâsi me || 113 ||
Yugmayor lakshaṇaṃ hy etad viparîtaṃ tu yatra tu |
Pathyâ hi viparîtâ sâ vijñeyâ nâmato budhaiḥ || 114 || Yathâ
Kṛtena maraṇaṃ yasya sa · · · · · · · |
Tvaṃ (jvalanena) mohitâ viparîtâ ˘ pathyâsi || 115 ||
Caturthâd aksharâd yatra trilaguḥ syâd ayuk(padaḥ) |

Anushṭub vipulâ sâ tu vjñeyâ nâmato yathâ || 116 ||
Na khalv asyâḥ (priyatamaṃ) çrotavyaṃ vyâhṛtaṃ sakhyâ |
(Narasya hi) pratikṛtiḥ çruyate vipulâbhidhâ || 117 ||
Gurvaksharâyuji jñeyâ laghutvât saptamasya tu |
Sarvatra saptamasyaiva keshâṃ cid vipulena tu || 118 || Yathâ
Saṃkshiptâ vajravan madhye hemakumbhanibhastanî |
Vipulâsi priye kaṭyâṃ çaraccandranibhânane || 119 || Yathâ vâ
Gangeva meghopagame âplâvitavasundharâ |
Kalavṛkshân ârujatî sravantî vipulân vanân || 120 ||
Evaṃ vipulayogâs tu pathyâpâde bhavanti hi |
Yugmaujavishamaiḥ pâdaiḥ çeshair anyais trikair yathâ || 121
Gurv(antakṛt) sarvalaghus triko nityaṃ hi neshyate |
Prathamâd aksharâd yatra caturthaḥ prâglaghuḥ smṛtaḥ | 122 ||
Pathyâpâdaṃ samâsthâya trîṇy antato gurûṇy atha |
Bhavanti pâde satataṃ yatra tad vṛttam ishyate || 123 || Yathâ
Dantakshatâdharaṃ subhrûr jâgaraglânanetraṃ ca |
Râgasaṃbhogakhinnaṃ te darçaniyatamaṃ vaktraṃ || 124 ||
(Msau gau) ca pâde prathame (ysau lgau) câpi dvitîyake |
Rabhau lagau tritîye ca caturthe tu (yarau) lagau || 125 || Yathâ
¯ ¯ ¯ ˘ ˘ ¯ mitraṃ na saṃbandhiguṇakriyâ |
Sarvathâ sarvavishamâ pathyânashṭâv asi priye || 126 ||
(Sajasalâ) âdau tathâ nasajagâç ca yugmake
· · · · · · · · bhnau jlau gaç ca tṛtîyake
Sjau sjau gaç ca turîye tu udgatâyâṃ prakîrtitâḥ || 127 || Yathâ
Tava romarâjir abhibhâti sutanu madanasya mañjarî |
Nâbhikamalavivarotpatitâ bhramarâvalîva kusume samudgatâ || 128 ||
Sajau salau ca lalite (pûrvoktâs tu) dvitîyake |
Nau sau ca tṛtîyake tu dviḥ sjau gaç ca caturthake || 129 || Yathâ
Lalitâkulâkulitacâruvasanakarapallavâ hi me |
Pravikasitakamalakântamukhî pratibhâsi devi suratâçramâturâ || 130 ||
Ity eshâ sarvavishamâ nâmato'nushṭub ucyate |
Dvidhâ mataṃ hi vaishamyaṃ trikâd aksharatas tathâ || 131 ||
Sjau sgau ca prathame pâde tathâ çaiva tṛtîyake |
Ketumatyâṃ gaṇâḥ proktâ (bharanagagâç ca) budhaiḥ || 132 || Yathâ

Sphuritâdharaṃ valitanetraṃ ‾ ˘ ˘ ‾ ˘ ‾ ˘ ˘ ˘ ‾ |
Kim idam rushâpahṛtaçobhaṃ ketumatîmukhâkṛtimukhaṃ ca || 133 ||
Prathame ca tṛtîye ca nau ro'tha lgau ca kîrtitâḥ |
Gaṇâç câparavaktre tu najau jrau dvicaturthayoḥ || 134 || Yathâ
Sutanu jalaparîtalocane jaladaniruddham ivendumaṇḍalaṃ |
Kim idam aparavaktram eva te mama tu ˘ ‾ ˘ manoharaṃ mukhaṃ || 135 ||
Nau ryau tu prathame pâde njau jrau gaç ca tathâpare |
Pâde tu pushpitâgrâ sâ yathaitâv aparau tathâ || 136 || Yathâ
Pavanarayavidhûtacâruçâkhaṃ pramuditakokilakaṇṭhanâdaramyaṃ |
Madhukararavagîyamânavṛkshaṃ varatanu paçya vanaṃ
supushpitâgraṃ || 137 ||
Pâde shoḍaçamâtrâḥ syus trikâṃçakavikalpataḥ |
Caturbhir aṃçake jñeyâ vṛttajñair vânavâsikâ || 138 || Yathâ
Asaṃsthitapadâ · · · madaskhalitaceshṭitair manojñâ ||
Yathâsyasi varoru (suraṭakâle) vishamâ kiṃ vânavâsikâ tvaṃ || 139 ||
Evam etâni vṛttâni samâni vishamâṇi ca |
Nâṭakâdishu kâvyeshu prayoktavyâni sûribhiḥ || 140 ||
Antarâṇy api vṛttâni yâny uktânîha paṇḍitaiḥ |
Na ca tâni prayojyâni na çobhâṃ janayanti yat || 141 ||
Yâny ataḥ param atra syur gîtakais tâni yojayet |
Dhruvavidhâne vyâkhyâsye teshâṃ caiva vikalpanaṃ || 142 ||
Vṛttalakshaṇam etat tu samâsena mayoditaṃ |
Ata ûrdhvaṃ pravakshyâmi âryâṇâṁ api lakshaṇaṃ || 143 ||
Pathyâ ca vipulâ caiva capalâ mukhato parâ |
Jaghane capalâ caiva âryâ pañcavidhâ smṛtâ || 144 ||
Âsâṃ caiva pravakshyâmi yatimâtrâvikalpanaṃ |
Lakshaṇair niyatâṅgaiç ca vikalpân gaṇasaṃçritân || 145 ||
Yatir vicchedo vijñeyaç caturmâtro gaṇas tathâ |
Dvitîyântyau yujau pâdau ceshau caivâyujau smṛtau || 146 ||
Gurumadhyavihînas tu caturbhedasamanvitaḥ |
. . . . || 147 ||
. . . . |
Dvivikalpaḥ syân naidhane hy ekamâtrasaṃsthitaḥ · || 148 ||
(Antyârdhe) yo gaṇaḥ sashṭha ekamâtraḥ sa ucyate |

Dvivikalpas tu shashṭho'tra gurumadhyo bhavet tu saḥ || 149 ||
Tathâ sarvalaghuç caiva yatisaṃjñâsamâçritaḥ |
Sa dvitîyâdir laghuni saptame prathamâd yatiḥ || 150 ||
Prathamâdir athânte ca pañcame tu vidhîyate |
Gaṇeshu (trishu câdishu) yasyâḥ pathyâ tu saṃbhavet || 151 ||
Prathame ca dvitîye ca sâ tv âryâ vipulâ matâ |
Dvitîyaṃ ca caturthaṃ ca jagatau gurumadhyagau || 152 ||
Yasyâḥ syât pâdayoge tu vijñeyâ capalâ tu sâ |
Mukhe syân mukhacapalâ syâd anyâ jaghane tathâ || 153 ||
Ubhayor ardhayor etal lakshaṇam dṛçyate yadi |
Vṛttajñaiḥ sâ tu vijñeyâ sarvataç capalâ tathâ || 154 ||
Triṃçanmâtrâs tu pûrvârdhe viṃçatiḥ sapta câpare |
Ubhayor ardhayor jñeyo mâtrapiṇḍo'pi bhâgaçaḥ || 155 ||
. . . . tâni dviguṇitâni tu |
Aksharatrayayuktâni jñeyâny atra laghûni tu || 156 ||
Etâni laghusaṃjñâni nirdishṭâni samasâtaḥ |
Sarvâsâm eva câryâṇâm aksharâṇi yathâkramam || 157 ||
Sarveshâṃ jâtivṛttânâṃ pûrvam uttarasaṃkhyayâ |
Vikalpaṃ gaṇayitvâ ca saṃkhyâṃ piṇḍena nirdiçet || 158 ||
Âryâgîtir athâryaiva kevalaṃ tv ashṭabhir gaṇaiḥ |
Itaraç câpi shashṭhaḥ syât sa vikalpe bhaved gaṇaḥ || 159 ||
Vṛttir evaṃ tu vividhair nânâchandaḥsamudbhavaiḥ |
Kâvyabandhas tu kartavyaḥ shaṭtriṃçallakshaṇânvitaḥ || 160 ||

Iti bhâratîye nâṭyaçâstre chandovicitir nâma shoḍaço'dhyâyaḥ

NOTES

V. 1, *a*. *Antye;* ms. *anye*.

— — *b*. *Tanumadhyâ;* ms. *tanumadhyâm*. — *Gâyatrîsamutthâ;* ms. *gâyaṃtrîsamutthâḥ*. Assez souvent dans Bharata *î* final d'un féminin, comme ici dans *gâyatrî*, ne compte prosodiquement que pour une brève. Cf. ci-dessous v. 4 *b*, 39 *b*, 40 *a*, 66 *b*, 76 *b*, et 95 *b*.— *Yathâ*; ms. *tathâ*.

V. 2, *a*. °*vibhûshâ;* ms. *bhûshaṇâ* qui dérange le mètre. — (*jaḍa*)*;* ms. *jana*.

V. 3, *a*. *Âdye;* ms. *âdyo*.

— — *b*. (*Makarakaçîrshâ*) ms. *makarakaçîrshe* et, plus bas, v. 4, *makarakarcîshâ*, contrairement au mètre.

V. 4, *b*. *Dayakarî;* v. *Dict. Saint-Pétersb.* pour la forme *daya* masc. qui n'était connue jusqu'ici que par les lexiques. — Remarquer pour *makarakaçîrshâ* et, plus haut, pour *kântâ* et *tanumadhyâ*, v. 2, qu'on a la forme du nominatif au lieu du vocatif que le sens semble exiger; la même irrégularité se présente encore en divers endroits.

V. 5, *b*. °*rûpâ;* ms. *rûpam*.

V. 6, *a*. *Snâna*°*;* ms. *snânu*.

— — *b*. (*Evaishâ* ¯); ms. *eveshâ*, suivi d'une syllabe illisible.

V. 7, *a*. *Rsau;* ms. *dvau*.

— — *b*. °*udgata*°*;* ms. °*uddhata*°, comme plus loin dans le même vers; peut-être est-ce la vraie leçon, quoiqu'elle convienne moins bien au sens que celle que j'ai admise.

V. 8, *a*. °*kṛtâkam;* ms. *kṛtâkâ*. — Je pense qu'on peut avoir ici le subs. *aka* peine, douleur, indiqué par différents lexiques. V. *Dict. Saint-Péters.* à ce mot.

— — *b*. (˘ ˘ ¯ ¯); ms. *patapâsyan*, forme corrompue sous laquelle il est difficile de découvrir la bonne leçon.

V. 9, *a*. *Yadi* (˘ ¯ *tsau*)*;* ms. *yati divinishṭau*. — °*ârthau;* ms. *arthâ :*

V. 11, *a*. *Ṛjau;* ms. *jana*. — *Yasya* est en accord avec un substantif, comme *vṛttasya* ou *chant dasas*, sous-entendu.

V. 12, *a*. *Sugâtri;* ms. *sugatra*.

V. 13, *a*. *Pade* avec *a* bref pour le besoin de mètre.

— — *b*. °*udbhavam;* ms. °*udbhâvam*.

V. 15, *a*. *Yasyâh;* ms. *yasyâm*.

— — *b*. *Sâ;* ms. *sa*. — (*Yathâ*) manque au ms.

V. 16, *b*. *Dikshu;* ms. *Dishu*.

V. 17, *a*. *Laghûni;* ms. *ghûni*. — *Nidhana*°*;* ms. *nidhanana*°.

V 18, *a*. *Kusumitam (iha)*; ms. *kusumitatadi*.

— — *b*. *°âḍhyam*; ms. *âhyam*.

V. 19, *a*. *Trîṇy*; ms. *trîṇyâny*.

— — *b*. *Vijñeyâ*; ms. *vijñeyam*.

V. 20, *a*. *Protphullâ*; ms. *prophullâ*.

V. 21, *a*. *Rjau*; ms. *rajau*. — *Rgau*; ms. *ga*.

— — *b*. *°sâriṇî°*; ms. *°sâraṇî°*.

V. 22, *b*. *°îva*; ms. *îvaḥ*.

V. 23, *a*. *Gaṇâs (tu)*; ms. *gaṇâs sa*.

V. 24, *a*. La leçon *°vinâmam* est peu sûre; je la conserve à défaut de mieux.

V. 24, *b*. *Enam*; ms. *enâm*.

V. 25, *a*. *Âdau*; ms. *âdâ*. — *Caivâpy*; ms. *caivâdvy*.

V. 26, *a*. *Esho' mbuda°*; ms. *eshâmbuda°*. — *(Viḍamba ˘ ¯)*; ms. *viḍambati*.

— — *b*. *(Çrutvaugha ¯)*; ms. *çrutvâghau*. — *Dviradaḥ*; ms. *dviratah*.

V. 27, *a*. *Saptamaṃ shashṭhaṃ tṛtıyam*; ms. *saptakâshankâyantîtryam*.

V. 28, *a*. *˘ Sadhyâ ˘ ˘*; ms. *kasâdhyâkaratri*.

V. 29, *b*. *Laghv âdâv*; ms. *laghâdâv*.

V. 31, *a*. *Âdyam*; ms. *âdyas*.

V. 32, *a*. *(Suhṛdaḥ priyaṃ kṛtam)*; ms. *suhṛdâḥ priyaṃ kṛtâ*.

V. 34, *a*. *(Âdya ¯)*; ms. *âdya*.

V. 35, *a*. *Syât*; ms. *syâ*.

— — *b*. *(Caturbhir)*; ms. *yadibhir*.

V. 36, *a*. *Yâḥ pralâpâ*; ms. *yâ pralopâ*.

— — *b*. *Sâdhv*; ms. *saddhv*. — *Mâdhuryât syât*; ms. *mâdhuryâ syat*.

V. 37, *a*. *°samaḥ*; ms. *samam*. — *Trishu*; ms. *dishu*.

— — *b*. *°vṛttam idam*; ms. *vṛttim ida*.

V. 38, *a*. *Kavaṭa°*; le *Dict. de Saint-Péters.* ne connaît que *kavâṭa* et *kavaṭi*. — *°viḍambana°*; ms. *°digotbaṇa°*. — *°katham*; ms. *kathâ*. Je considère ce mot comme le dernier terme d'un composé possessif en rapport avec *idam*.

— — *b*. *Toṭaka*; ms. *koṭaka*. — *Kurute*; ms. *kurushe*.

V. 39, *a*. *Ryau*; ms. *yau*. — *(Nyau)*; ms. *glagau*.

— — *b*. *°vidhâne*; ms. *vidhone*. — *Kumuda°*; ms. *kumudi°*.

V. 40, *a*. Il y a au ms. une lacune de deux syllabes à la fin du deuxième pâda.

— — *b*. *°vaktra ¯ ¯*; *°vaktrâçoshṭâ*. — *Sakhînâm*; ms. *sakhinâ*.

V. 41, *b*. *°lekheti*; ms. *çeveti*. — *Yathâ*; ms. *yadâ*.

V. 42, *a*. *°âyatâ°*; ms. *°âyata°*. — *Subhruvaç*; ms. *svabhruvoç*.

— — *b*. La leçon du ms. pour le troisième hémistiche et le commencement du quatrième est absolument corrompue : *Kâmasyavibhaṃ kâmamâhattukâmakâmântyâbam*.

V. 43, *b*. *Tadâ*; ms. *kadâ*. — *Pramitâ°*; ms. *pratimâ°*.

V. 44, *a*. *°â(pa)rushâ*; ms. *ârushâ*.

— — *b*. *Yuvatir*; ms. *uvatir*. — *°aksharaḥ*; ms. *aksharâ*.

V. 45, *a*. *Yadâ*; ms. *yadam*. — *Trikau*; ms. *triko*. — *Jtau*; ms. *bjau*. — (¯ *pade*; ms. *pâdas*.

V. 45, *b*. *Vṛttam*; ms. *vṛtta*. — *°pratishṭhitam*; ms. *tishṭhitam*. — *°matîha*, forme insolite donnée par le ms. et confirmée par le mètre.

V. 46, *a*. *(Tat)* syllabe qui manque au ms. — *Priyam*; ms. *priya*.

— — *b*. *paçyâmy* dans le ms. est suivi de *ady* qui est explétif à tous les points de vue. — *°stha°*

matiḥ ; ms. *sthagatiḥ*. Cette correction ne m'est suggérée que par la leçon du vers précédent, le sens de ce dernier pâda étant obscur et ne pouvant guère aider dans la circonstance à la critique du texte.

V. 47, *a*. *Caturtham*; ms. *caturthyam*.

— — *b*. *Bhavati*; ms. *bhâvaddhi*.

V. 48, *a*. *°vâg°*; ms. *°vâgv°*.

— — *b*. *Hariṇaplutam*; ms. *hariṇaplutaḥ*.

V. 49, *a*. et *b*. Voici la leçon du ms. où se trouve répétée une partie du vers précédent. *saptamaṃ navamaṃ câtyaṃ (mu)khântya(m) yadâ guru bhavaddhi jâgate pâde tadâ syâd hariṇaplutaḥ yathâ — mukhântyaṃ ca yadâ*, etc. — *Upântyam*; ms. *mukhyântam*.

V. 51, *b*. Après le mot *pâde* le ms. répète *kâmadatteti sâ smṛtâ* du v. 49 *b*. — *Aprameyâ* ms *aprameye*.

V. 52, *b*. *Mameyam*; ms. *mamameyam*. — *Sarvam*; ms. *sarvâ*.

V. 53, *a*. *Nivishṭâ*; ms. *ninivishṭâ*. — (*Dvitîye*) manque au ms., mais il semble bien qu'on peut restituer ce mot avec assurance.

V. 54, *a*. *Vaktra°*; ms. *vaktraktra°*. — *Danta°*; ms. *dadanta°*.

— — *b*. (*°âcchadâ*); ms. *°cchandâ*. — *Cakravâka°*; ms. *vaktravâka°*.

V. 55, *a*. *Nau*; ms. *gau*.

— — *b*. *Bhavati (ca)*; ms. *bhavanti*. — (*Sarvadâsâv*); ms. *sarvadâ ya*.

V. 56, *a*, ⏑ ⏑ – –; ms. *Kaṇṛamdaiḥ*.

— — *b*. *Kathayati*; ms. *kathayasi*.

V. 57, *b*. *Vicchedo' ti°*; ms. *vicchedâti°*. — *Caturbhis tu*; ms. *caturbhâs su*.

V. 58, *a*. (*Âkulita°*); ms. *aṃkula°*. Il est fâcheux que cette correction si vraisemblable dérange la césure. — *Pihita* ⏑ –, ms. *pihitakare*. Peut-être faudrait-il lire *pihitîkṛte*. — *Niçâcare*; ms. *niçâ; hare*.

V. 59, *b*. *Praharshaṇî*; ms. *praharshiṇî*.

V. 60, *a*. *°kathaiḥ*; ms. *sukathaiḥ*, à la suite de *kathaiḥ*. — *Kathais* suppose un masc. ou un neutre *katha* dont on n'a pas d'exemples jusqu'ici. — *Subhâvitair*, je lirais volontiers *subhâshitair*. — *Vâ*; ms. *vaṃ*.

— — *b*. *Praharshaṇî*; ms. *praharpiṇî*.

V. 61, *b*. *Matta°*; ms *utta*.

V. 62, *a*. *Sendra°*; ms. *saindra°*. — *Citra°*; ms. *caita°*.

— — *b*. *°ojjvala°*; ms. *ujjvalita*.

V. 63, *b*. *Antyopântye*; ms *ancopâpântye*.

V. 64, *a*. ⏑ ⏑; ms. *pata* ou *vatu*.

V. 65, *b*. *Asaṃbâdhâ*; ms. *asâbâdhâ*. — (*Hi*) syllabe suppléée pour le mètre et qui manque au ms.

V. 66, *a*. ⏑ ⏑ *çilâ°*; ms. *lîlâ°*. — *Asadṛçam adhikam*; ms. *nadṛçadṛçam adhi (vibhûshitagaṇḍapâlî)kam*. — Les mots placés entre parenthèses sont une répétition empruntée au v. 64 *b*.

— — *b*. ⏑ ; il manque au pâda pour être complet une syllabe de cette quantité.

V. 67, *a*. (*Catur*), nécessaire au sens et au vers, quoique manquant au ms.

— — *b*. (*Ca*), syllabe qui manque également au ms.

V. 68, *a*. (*Âgacchanti*); ms. *âtma gacchantam*.

— — *b*. *Hâhâ*; ms. *hâham*. — *No* – ⏑ *ûḍham*; ms. *no velim (?) ûḍhâ*. Peut-être faudrait-il lire *novyâdhirûḍhaḥ*. — *Hantukâmam*; ms. *hattukâmâ*.

V. 70, *a*. *Dṛshṭa°*; ms. *dushṭa*.

— — *b*. *Madhura°*; ms. *madhuri*.

V. 71, *b*. *Vṛshabha°*; ms. *vṛshṭa°*.

V. 72, *a*. *°pa(ṭa)ha°*; ms. *°paha°*. — *Surabhim*; ms. *surabhiḥ*.

V. 72, *b.* *(Kandala°)*; ms. *kandasya.* — ˘ ˘ *racitam*; ms. *haracitam.*

V. 73, *a.* *(Ymau)*; ms. *yau.* — *(Nsau)*; ms. *shṭau.* — *(Rgau)*; ms. *nana.* — *Shaḍbhiç*; ms. *shashṭhî.* — *Cânte*; ms. *cânye.* — *Yadâ*; ms *yathâ.*

— — *b.* *(Nityam)*, tenant lieu de deux syllabes qui manquent au ms.

V. 74, *a.* *Daçana°*; ms *dahana°.* — *Pushpair*; ms. *pushpo.*

— — *b.* *Sândrâ°*; ms, *sâdrâ°.* — *Kâmavesham*; ms. *kâmamavesham.*

V. 75, *a.* *°lali(ta)sya*; ms. *°lalisya.* — *Bhlau*; ms. *lau.* — *°gadite*; ms. *gatidite.*

— — *b.* *Vaishâ*; ms. *dvaishâ.*

V. 76, *b.* *(Bhavati)* manque au ms. — *Parushaḥ*; ms. *purushaḥ.* — *Bhâsi*; ms. *bhâti.*

V. 77, *a.* *Nsau*; ms. *snau.* — *Slau gaḥ*; ms. *sanagâ.* — *Yatiḥ shaḍbhir*; ms. *yatishashaṭbhir.*

V. 78, *a.* *(Pratinâdayan)*; ms. *pratinadvacasva.*

V. 79, *a.* *Mbhau*; ms. *mau.* — *°racitau*; ms. *racitâ.* — *Tgau*; ms. *gau.* — *(gaç ca pratishṭhâ)*; ms. *gomintyapratishṭha.*

— — *b.* *(Yathâ)*; omis au ms.

V. 80, *a.* *°surabhibhir*; ms. *surabhir.*

— — *b.* *Kânte*; ms. *kântai.*

V. 81, *b.* *Vaṃçapattra°*; ms. *dvâdaçapattra°.*

V. 82, *a.* *°gulma°*; ms. *°gunma°.*

V. 83, *a.* *Jsau*; ms. *jñau.* — *(Ylau ca gaḥ)*; ms. *lnananugau.*

— — *b.* *Dvijair*; ms. *dvijer.*

V. 84. *b.* *Priya(karam)*; ms. *priyadam*, qui ne répond pas aux nécessités du mètre. — *Tvam*; ms. *tvâm.*

V. 85. *b.* *(Ante)*; ms. *tathâ.*

V. 86, *b.* *Snânâḍhyaiḥ*; ms. *snânâdaiḥ.* — ˘ ¯ ¯ ˘ ¯ ¯; lacune au ms. — *Saṃkshepât*; ms. *saṃkshepâm.*

V. 87, *a.* *Msau jsau tau*; ms. *mnau sjau ntau.* — *âdyâ*; ms. *âdyâç.* — *°yutâ*; ms. *°yuta.* — *(Tathâ)*, tient lieu de deux syllabes qui manquent au ms.

— — *b.* *Âçritaṃ hy atidhṛtim*; ms. *acritâny atidhṛtir.* — *(Pada)*; ms. *vala.*

V. 88, *a.* ˘ ¯ ˘; ms. *tanvî (?)* — *Nirbhagno°*; ms. *nirbhaṇṇo°.*

— — *b.* *°ghâti* ¯ ˘; lacune de deux syllabes au ms. — Le ms. a *yathâ* explétif à la suite du dernier pâda.

V. 89, *a.* *Mrau bhnau ybhau lgau*; ms. *mnau mtau yegau lbau.* — *(hi)*, en remplacement d'une syllabe omise au ms.

— — *b.* *Eshâ*; ms. *eshâm.* — *Vṛttajñais (tattvata)*; ms. *vṛttajñâtotala.* — *Gaditâ*; ms. *çaditâ°.* — *Suvadanâ*; ms. *sukhadanâ.*

V. 90, L'exemple, quoique annoncé, est omis au ms.

V. 91, *a.* *Bhnau*; ms. *ynau.* — *Yaç ca*; ms. *ca na.*

— — *b.* *Yadi*; ms. *yaki.* — Ms. *â* après *sragdharam.*

V. 92, *a.* *°kuṭilakaiḥ*; ms. *kuṭitilakaiḥ.*

V. 93, *a.* *Bhrau*; ms. *drau.* — *krama°*; ms. *kramam.* — *Nrau*; ms. *rnau.* — *Niyatau*; ms. *vinatau.* — ˘ ¯ ˘ ˘; ms *tau nâgava.*

— — *b.* *(Sadaiva tu)*; ms. *sadeva.* — *Bhadraka°*; ms. *madraka°.* — ¯ ˘ ¯ ˘; ms. *nâ.* — *(Ca)* manque au ms.

V. 94, *a.* *Udyatam*; ms. *udyotam.*

— — *b.* *°gatibhiḥ* ¯ ˘; ms. *gatir.* — *(°suvidrutâ°)* ms. *°suvidruma°.* — *samabhavat*; ms. *samabhâvat.*

V. 95, *a.* *Jabhau jabhâv api jabhau*; ms. *jasau jasâv api jasau.* — Le sens exigerait que la partie finale du premier pâda contînt le mot *ante.*

V. 95, *b. Yatiç ca;* ms. *yaç ca.* — *Tathaika°;* ms. *tatidhaika°.* — *Iha;* ms. *ida.* — *Viçuddh°;* ms. *viçuddha°.* — *Lalitam;* ms. *lalitaḥ.*

V. 96, *a. Alaṃ(kṛtam);* ms. *alam.* — ˘ ˘ *çara°;* ms. *çarasaçaraçarapaṅkti°.* — *°vivṛtam;* ms. *vivṛtaç.*

— — *b.* Le texte du troisième pâda et du commencement du quatrième semble irrémédiablement corrompu. Voici ce qu'on peut lire au ms. : *vasugaṇasyabhinnahatâçitaçatrunâçitaçirâpramahyatâ sâtkṛtam.* — *Saṃyuga°;* ms. *saṃyuge°.* — *Tvayâ;* ms. *tvayâç.*

V. 97, *b. Saṃyatâ;* ms. *saṃnyatâ.* — *Ata;* ms. *ta.* — *(Daṇḍikâ);* ms. *daṇḍakabha.*

V. 98, *a. °sadṛça(tva°);* ms. *°sadṛçopa.* — *°âbhâ°;* ms. *âbhâgaṃ.*

— — *b.* ˘ ¯ *ojjvalâ;* ms. *hapadajjvalâ.* — *Gagana°;* ms. *gagau.*

V. 99, *a. Bhmau;* ms. *bhnau.* — *Sbhâv;* ms. *bhsâv.* — *Budha°;* ms. *baṭa°.* — *Nâç ca samudrâḥ;* ms. *nâm sa camudrâ.* — *Viniviṣhṭâ;* ms. *vinivashṭâ.* — *°gamitaḥ;* ms. *gamitam.*

— — *b. Api yatir;* ms. *api yadir.* — *Daçabhiḥ;* ms. *darçabhiḥ.* — *°padeyam;* ms. *°padeyaḥ.* — *°munibhir,* leçon qui donne un sens peu satisfaisant et qu'il faudrait peut-être remplacer par *°matibhir.*

V. 100, *a. Kalirucir;* ms. *kalarucir.* — *Dhîrghatarâbhiḥ;* ms. *dirghakâlâbhiḥ.*

— — *b. °jaṅghâ;* ms. *°jaṅgham.* — *Nimna°;* ms. *nimta°.* — *°parigata°; Ind. Stud. °paricita°* avec les variantes *°parimita* et *parishita.* — *Sâparihâryâ,* — sic, *Ind. Stud.* Ces mots manquent au ms.

V. 101, *a. (Mau tnau nau rsau);* ms. *ya mtau ntau sanosau sau na.* — *(Tu lagau trikau);* ms. *nigaditâs trikâ.* — *Anupurvaçaḥ;* ms. *anupurvadaça.* — *Shaḍviṃçâyâm;* ms. *shaḍviṃçatyâm.*

— — *b.* ¯ ¯ ¯ ¯ ¯ ¯ ¯ ¯ : ms. *va saṃyojyena.*

V. 102, *a. Rupopetâm;* ms. *rupopetân.* — *pushṭam* adverbe, à moins qu'il ne faille lire *pushṭâm* — *°gatim;* ms. *gatir.* — ˘ ¯ ˘ ¯ ; ms. *tilentyam,* peut-être faut-il lire *tilottamâm,* qui correspond au mètre. — ¯ ¯ ¯ ¯, lacune au ms. indiquée par le mètre. — *°sahitam,* en accord probable avec un substantif à substituer à la lacune.

— — *b.* ˘ ˘ ˘ lacune au ms.

V. 103, *a.* · · · · · *aksharam;* ms. *sikâksharam.*

— — *b.* Cet hémistiche est tout à fait corrompu dans la leçon du ms. que voici : *meghamâlâdikâ tasyântau câdau nau tâguhâditâ.*

V. 104, *a. °ja(na)padâkulâ;* ms. *japadâkulam.* — *Samabhyarcate;* ms. *samabhyarcyate.*

— — *b. °gîrṇamuktâvalî* ¯ ˘ ¯ ; ms. *guñjîrṇamuktâvaler.*

V. 106, *a. grathita°;* ms. *grathitâm.*

V. 107, *a. Dvâv;* ms. *dvauv.*

V. 108, *a. Dîrghaṃ;* ms. *dirgha.*

V. 109, *a. Siddham;* ms. *viddham.*

V. 110, *a.* · · ·; ms. *chehvade.* — *°vikalpanam;* ms. *vikalpanâm.*

V. 111, *a. Naidhanâ°;* ms. *nainta.* — *°artam;* ms. *arte* ou *arthe.*

— — *b.* Le deuxième pâda de cet hémistiche est totalement corrompu : *ity anupsamamâsâ.*

V. 112, *a. Dvitiyake;* ms. *dvitiyamke.*

— — *b. Yugmau°;* ms. *agmau.*

V. 113, *b.* ¯ ¯ ¯ ; ms. *rârdhâ.*

V. 115, *a. Sa. . . . . . .;* ms. *sa vireshena tetthama.*

— — *b. Jvalanena;* ms. *jalaikena.* — ˘ ; lacune au ms.

V. 116, *a. Caturthâd;* ms. *caturthâ°.* — *Ayuk(padaḥ);* ms. *ayuktagaḥ.* Cf. *Ind. Stud.* VIII, 339.

V. 117, *a. (Priyatamam);* ms. *priyatamo.* — *Sakhyâ;* peut-être faudrait-il lire *sakhyâḥ.*

— — *b. (Narasya hi);* ms. *narasya.*

V. 118, *a*. *Keshâṃ cid*; ms. *keshâshâm*. — *Vipulena*, cette forme masculine ne me semble pas impliquer nécessairement une erreur.

V. 120, *b*. *Ârujatî*; ms. *ârujantî*. — *Vipulân*; ms. *vipulâ*.

V. 121, *a*. Ms. *evam* (*vipulam vanât*), répétition des mots entre parenthèses qui était à supprimer.

V. 122, *a*. *Gurv(antakṛt)*; ms. *gurvaktakṛs*.

— — *b*. *Aksharâd*; ms. *yadaksharâd*.

V. 123, *a*. *Antato guruṇy*; ms. *antethaguṇy*.

V. 124, *a*. °*âdharam*; ms. *âccaram*. — *Subhrnr*; ms. *sabhru* ou *sabhrur*.

— — *b*. *Râga*°; ms. *prâgas*.

V. 125, *a*. (*Msau gau*) *ca*; ms. *mcanagrana*. — (*Ysau lgau*); ms. *ssâglau*.

— — *b*. *Rabhau lagau*; ms. *ragau labhau*. — *Yarau*: ms. *kasau*. Ces corrections m'ont été dictées, bien entendu, par la mesure de l'exemple dont le texte toutefois laisse aussi à désirer.

V. 126, *a*, ¯ ¯ ¯ ˘ ˘ ¯; ms. *naivâvânamike*.

— — *b*. *Pathyâ*°, la première syllabe de ce mot, longue par position, est contraire au mètre qui exige une brève. — °*nashtâv*; ms. *nashtav*.

V. 127. Voici le texte fort corrompu de ces cinq pâdas tel qu'il se lit au ms. *Najanacadau tathâ. lnau cana sajâgaç ca yugmake. mne jlau gaç ca. tṛtîyake sjña sjña gaç ca tu turîye tu udgatâyâm prakîrtitâ*.

V. 128, *a*. *Abhibhâti*; ms. *abhidâti*.

— — *b*. *Nâbhi*°; ms. *nâdi*.

V. 129, *a*. *Sajau*; ms. *samjau*. — (*Purvoktâs tu*); ms. *purvokta na gau*.

— — *b*. *Nau*; ms. *gau*. — *Ca tṛtîyake*; ms. *caivicitraye*. — *Dviḥ sjau gaçca*; ms. *dvisajotaç*.

V. 130, *a*. °*kara*°; ms. *karam*.

V. 132, *a*. *Sgau*; ms. *glau*.

— — *b*. (*Bharanagagâç ca*); ms. *mnanaglanagaç ca sahâ*.

V. 133, *a*. Le deuxième pâda de cet hémistiche est complètement corrompu: *raktapelakam ambujâ lâksham*.

V. 134, *a*. *Ro'tha*; ms. *retta*. — *Lgau*; ms. *glâç*.

V. 135, *b*. ˘ ¯ ˘; ms. *rathâdhi*.

V. 136, *a*. *Ryau*; ms. *rya*. — *Njau*; ms. *aujau*. — *Gaç ca*; ms. *gas*.

— — *b*. *Pushpitâgrâ sâ yathaitâv*; ms. *pushpitâgrâyathaitâv*.

V. 137, *a*. °*vidhuta*°; ms. *vadhuta*. — °*kanṭha*°; ms. *kanṛ*.

— — *b*. °*âgram*; ms. *âgrâ*.

V. 138. *a*. *Syus*; ms. *syas*. — °*vikalpataḥ*; ms. *vikalpatâḥ*.

— — *b*. *Vânavâsikâ*; ms. *vânavâsitâ*.

V. 139. • • • •; ms. *savilalâḥ*. — (*Suratakâle*) contraire au mètre, quoique donnant un bon sens.

V. 141, *a*. *Antarâṇy api*; ms. *antanyâny api*.

V. 142, *b*. *Dhruva*°; ms. *dhruvâ*. — Peut-être conviendrait-il de lire *dhruvam*.

V. 144, *b*. *Smṛtâ*; ms. *smṛtâḥ*.

V. 146, *a*. *Yatir*; ms. *yati*.

V. 147-148. Le texte donné par le ms. comporte entre ces deux vers l'oubli évident de deux hémistiches; l'ordre des vers qui suivent et le défaut d'enchaînement qui en résulte à l'endroit indiqué concourent à en fournir la preuve. J'ai supprimé les lambeaux de phrase entre lesquels, ou à la suite desquels les hémistiches manquants devaient se placer. Voici la leçon qu'en donne le ms.: *vidhâtaye yurgaṇaḥ pancaiva hi shashṭha ca*.

V. 148, *b*. *Dvivikalpaḥ syân naidhane*; ms. *dvivikalpa syâm taidhane*. — Il manque une syllable au dernier hémistiche.

V. 149, *a*. *Antyârdhe*; ms. *pañcârdhe*.

V. 150, *a*. *Sarva(laghuç)*; ms. *sarvayatiç*.

V. 150, *b*. *Dvitîyâdir*; ms. *dvitîyâdvi* ou *dvir*. — *Yatiḥ*; ms. *yutiḥ*.

V. 151, *b*. *Trishu câdishu°*; ms. *trisṭhup âdeshu*.

V. 152, *b*. *Jagatau*; ms. *jagârau*.

V. 153. *a*. *Yasyâḥ syât*; ms. *yasya syâḥ*. — *Capalâ*; ms. *vipulâ*.

— — *b*. *Anyâ*; ms. *anyam*.

V. 156, *a*. ·······; ms. *adhikâni yatâni triṃçabhyas*.

— — *b*. *Laghûni tu*; ms. *laghûnîty*, contraire au mètre, à moins qu'il ne faille pas voir ici la fin d'un hémistiche.

V. 158, *a*. *Uttara°*; ms. *utta* ou *ukta*.

V. 159, *b*. *Itaraç*; ms. *itarâ*. — *Shashṭhaḥ*; ms. *shashṭhâ*. — *Gaṇaḥ*; ms. *guṇaḥ*.

V. 160, *b*. *Kartavyaḥ*; ms. *kartavyâ*.

Remarque générale. — Les parties du texte qui sont entre parenthèses correspondent à des lacunes du manuscrit, ou à de mauvaises leçons dont la correction n'est pas absolument sûre.

NÂṬYA ÇÂSTRA

PARTIE FINALE DU QUINZIÈME CHAPITRE

2, *b* [1]. — Les mètres (*vṛtta*) (dont les *pâdas*, ou quarts de vers, comprennent une série déterminée de syllabes brèves et longues) sont ou semblables (*sama*) (c'est-à-dire composés de pâdas identiques), ou à demi semblables (*ardhavishama*) (n'ayant de semblables entre eux que les pâdas 1 et 2, 2 et 4), ou enfin dissemblables (*vishama*) (n'ayant aucun pâda identique à un autre) [2].

3. — Le vers (*chandas*), dans lequel un pâda manque (d'une syllabe), est appelé *nivṛt* (ou *nicṛt*) ; celui dans lequel un pâda a (une syllabe) de trop est appelé *bhurij* [3].

4. — Le vers dans lequel (un pâda) manque de deux syllabes est appelé *virâj ;* celui dans lequel (un pâda) a deux syllabes de trop est appelé *svarâj* [4].

1 Les vers 1 et 2 *a*, quoique différant pour le sujet de ce qui précède, ne se rapportent pas encore d'une manière bien directe à la métrique, et comme l'absence de développements suffisants en rend le sens peu sûr, je m'abstiens d'en essayer l'interprétation.

2 Cf. *infra* XVI, 105 et *sqq; Agni Purâna*, 331, 1; *Chandomañjarî*, édition de Calcutta, p. 1 ; Colebrooke, *Misc. Essays*, édition Cowell II, 88; *Indische Studien* (Piṅgala), VIII, 326.

3 Colebr. II, 137; *Ind. Stud.* (*Nidâna Sûtra*), VIII, 113 (Piṅgala), 149, 254.

4 *Agni Pur.* 329, 28; Colebr. *loc. cit,; Ind. Stud.*, VIII, 63 et 254.

5. — Chaque type de mètres (*gâyatrî*, etc.), n'a pas une forme unique (au point de vue de l'arrangement des brèves et des longues). Aussi les savants disent-ils que les (variétés de) mètres sont innombrables.

6. — Le Gâyatrî et les autres formes typiques servent de mesure aux mètres (en ce qui regarde le nombre de syllabes qui entre dans chaque pâda). Un grand nombre de ces mètres (ou des combinaisans prosodiques dont chaque forme typique est susceptible) sont en usage, et voici (d'ailleurs) le chiffre total (des combinaisons possibles).

7. — Le (type de) mètres appelé *gâyatrî* comporte 64 combinaisons métriques ; l'*ushṇih* en comporte 128.

8. — L'*anushṭubh* comporte 256 combinaisons, et la *bṛhatî* 512.

9. — La *paṅkti* comporte 1024 combinaisons et la *trishṭubh* 2048

10. — La *jagatî* comporte 4096 combinaisons ;

11. — L'*atijagatî*, 8192 ;

12. — La *çakvarî*, 16,384 ;

13. — L'*atiçakvarî*, 32,768 ;

14. — L'*ashṭi*, 65,536 ;

15. — L'*atyashṭi*, 131,072 ;

16 et 17. — La *dhṛti* 262,144 ;

18 et 19 *a*. — L'*atidhṛti*, 524,288 ;

19 *b* et 20. — La *kṛti*, 1,048,576 ;

21 et 22. — La *prakṛti*, 2,097,152 ;

23 et 24 *a*. — L'*âkṛti*, 4,194,304 ;

24 *b* et 25. — La *vikṛti*, 8,388,608 ;

26 et 27 *a*. — La *saṃkṛti*, 16,777,216 ;

27 *b* et 28. — L'*abhikṛti*, 33,554,432 ;

29. — L'*utkṛti*, 67,108,864.

30 et 31. — La somme des combinaisons métriques que comportent les différents types de vers (dans lesquels les quatre pâdas sont semblables) s'élève à 134,217,726 [1]. Aussi peut-on dire qu'elles sont infinies.

[1] Ce total comprend, comme il est facile de s'en convaincre, outre la somme des chiffres ci-dessus, les 62 combinaisons dont sont susceptibles les types de vers qui comptent de 1 à 5 syllabes à chaque pâda. On peut voir des exemples de ces vers, qu'on peut considérer comme inusités, *Chandom.*, p. 6 et 7. — Cf. pour le dénombrement des mètres possibles Colebr. II, 88.

32. — L'auteur vient d'indiquer le nombre des combinaisons qui se rapporte à chaque type métrique ; il montrera maintenant comment les mètres se subdivisent en groupes trisyllabiques (*trika*) dans ces différents types.

33 et 34 *a*. — Qu'en ce qui concerne les vers en général ou les combinaisons métriques possibles, il s'agisse d'une, de vingt, de mille variétés ou même de dix millions d'entre elles, on n'y trouve (jamais) que huit sortes de groupes trisyllabiques désignés chacun par un terme spécial [1].

34 *b* et 35. — On appelle triades (*trika*) les groupes de trois syllabes (*akshara*) qui composent régulièrement tous les mètres.

35 *b*. — La triade qui commence par une syllabe longue (¯ ˘ ˘) est désignée par la lettre *bha* (भ) ; celle qui ne comprend que des longues (¯ ¯ ¯) est désignée par la lettre *ma* (म).

36. — La triade dans laquelle une longue est médiale (˘ ¯ ˘) est désignée par la lettre *ja* (ज) ; celle qui se termine par une longue (˘ ˘ ¯) est désignée par la lettre *sa* (स); celle dans laquelle une brève est au milieu (¯ ˘ ¯) est désignée par la lettre *repha* (r, र) ; celle qui se termine par une brève (¯ ¯ ˘) est désignée par la lettre *ta* (त).

37. — La triade dans laquelle une brève est en tête (˘ ¯ ¯) est désignée par la lettre *ya* (य) ; enfin celle dans laquelle n'entrent que des brèves (˘ ˘ ˘) est désignée par la lettre *na* (न). Telles sont les huit triades issues de Brahma dont les savants donnent la connaissance [2].

38. — En métrique, ces triades sont aussi appelées par abréviation sourdes (*asvara*), et sonores (*sasvara*), selon la mesure (selon que les longues ou les brèves prédominent) [3].

39. — Une longue est désignée par la lettre initiale (du mot *guru* long, c'est-à-dire par *ga* (ग) ; il en est de même d'une brève. (C'est-à-dire qu'elle est désignée par la lettre *la* (ल), initiale du mot *laghu*, bref). Voilà ce qu'en-

[1] Le texte du v. 33 *a* présente une construction bizarre et qu'on ne peut expliquer, ce me semble, qu'en sous-entendant, comme je l'ai fait, un mot comme *prati* régissant les accusatifs qui composent cet hémistiche. Disons du reste une fois pour toutes qu'en présence d'une rédaction comme celle-ci, parfois très elliptique, parfois d'une lecture douteuse, parfois enfin incorrecte au point de vue de la syntaxe du fait même de l'auteur, une interprétation tentée sans le secours d'un commentaire ne peut avoir toujours un caractère absolu de certitude.

[2] Cf. pour la désignation technique des groupes trisyllabiques, ou des pieds de trois syllabes dans la métrique sanscrite, *Chandom.* p. 2; *Çrutabodha* (édition Lancereau, *Journal asiatique*, 1854) v. 3 ; Colebr. II, 63 et 135; *Ind. Stud.* VIII, 164 et 210.

[3] Voir, pour le sens de l'expression *chandomâna*, rendue ici par mesure, *Ind. Stud.*, VIII, 22.

seigne la tradition [1]. On appelle césure (*yati*), une division (obligatoire marquée par la fin d'un mot) dans un pâda [2].

40.— Une voyelle est longue ou considérée comme longue, soit par nature (*dîrgha*), soit quand l'intonation en est prolongée (*pluta*), soit quand elle précède un groupe de consonnes, soit quand elle est suivie de l'*anusvâra* ou du *visarga*, soit enfin, parfois (quand tout en étant brève) elle fait partie de la syllabe finale de l'hémistiche ou du vers [3].

41. — Les savants en matière de prosodie divisent les types métriques en trois groupes : celui des dieux, celui des asuras et celui des demi-dieux.

42. — La gâyatrî, l'ushṇih, l'anushṭubh, la bṛhatî, la paṅkti, la trishṭubh et la jagatî composent le premier groupe, celui des dieux.

43. — L'atijagatî, la çakvarî, l'atiçakvarî, l'ashṭi, l'atyashṭi, la dhṛti et l'atidhṛti forment le (second) groupe (celui des asuras).

44. — La kṛti, la prakṛti, l'âkṛti, la vikṛti, la saṃkṛti, l'abhikṛti et l'utkṛti constituent le groupe des demi-dieux.

45. — La gâyatrî comprend deux triades (ou six syllabes, à chaque pâda); l'ushṇih, deux triades plus une syllabe (ou sept syllabes) ; l'anushṭubh, deux triades, plus deux syllabes (ou huit syllabes) ; la bṛhatî, trois triades (ou neuf syllabes).

46. — La paṅkti comprend trois triades plus une (syllabe, ou dix syllabes à chaque pâda); la trishṭubh, trois triades plus deux syllabes (ou onze syllabes); la jagatî, quatre triades (ou douze syllabes) ; l'atijagatî, une syllabe de plus ou (treize syllabes).

47. — La çakvarî comprend quatre triades, plus deux syllabes (ou quatorze syllabes) ; l'atiçakvarî, cinq triades (ou quinze syllabes) ; l'ashṭi, cinq triades, plus une syllabe (ou seize syllabes) ; l'atyashṭi, cinq triades, plus deux syllabes (ou dix-sept syllabes).

48. — La dhṛti comprend six triades (ou dix-huit syllabes à chaque pâda) ; l'atidhṛti, une syllabe de plus (ou dix-neuf) ; la kṛti, deux de plus (ou vingt) ; la prakṛti, sept triades (ou vingt et une syllabes).

[1] Cf. *Chandom.*, p. 2 ; Colebr., II, 63 et 135 ; *Ind. Stud.* VIII, 164.

[2] Cf. *Chandom.*, p. 2 ; *Ind. Stud.* (Piṅgala), VIII, 363.

[3] Cf. *Agnipur.* 327, 2 ; *Chandom.*, p. 2 ; *Çrutab.*, 2 ; Colebr., II, 65 ; *Ind. Stud.* (Piṅgala), VIII, 211.

49. — L'âkṛti comprend une syllabe de plus (ou vingt-deux à chaque pâda); la vikṛti, deux de plus (ou vingt-trois); la saṃkṛti, huit triades (ou vingt-quatre syllabes); l'abhikṛti une syllabe de plus (ou vingt-cinq).

50 *a*. — (Enfin) l'utkṛti comprend, d'après la métrique, deux syllabes de plus (ou vingt-six à chaque pâda)[1].

50 *b*. — L'auteur s'occupera plus loin des groupes métriques qui entrent dans la composition des *mâtrâvṛttas* (ou mètres composés d'un nombre donné d'unités métriques ou de syllabes brèves).

51. — Il va donner aussi la règle du calcul qui sert à trouver la quantité de combinaisons dont un type métrique est susceptible (*prastâra*), ainsi que le moyen de connaître la forme d'une combinaison quelconque, étant donné le rang qu'elle occupe dans la série complète des combinaisons possibles (*nashṭa*), et quel rang tient dans les combinaisons en question la forme d'un mètre donné (*uddishṭa*).

52. — Le prastâra s'applique aux syllabes et aux unités métriques (syllabes brèves) (qui composent les mètres). Un pied de deux syllabes, composé d'une longue et d'une brève s'appelle *mandravarṇa* ou bien encore *mâtrikâ*.

53 et 55. — Pour appliquer le prastâra aux syllabes (c'est-à-dire aux mètres qui sont déterminés par le nombre et la quantité des syllabes) sur un groupe dissyllabique composé d'une longue et d'une brève, il faut inscrire la brève au-dessous de la longue (sur une ligne verticale), puis réitérer la même opération en commençant encore par la longue et en terminant par la brève; ensuite (sur une seconde ligne verticale parallèle à la première) on inscrit, comme précédemment, au-dessous de la longue répétée deux fois, la brève répétée deux fois également[2].

56-61. — . . . . [3].

[1] Cf. *Chandom*, p. 5; Colebr., II, 141 et *sqq*. *Ind. Stud.* VIII, 240 et *sqq*.

[2] De façon à obtenir pour une combinaison métrique représentée par une longue et une brève (– ⏑) le tableau suivant ⁼⁼, qui représente toutes les combinaisons dont deux syllabes de ce genre sont susceptibles. Voir pour l'application de cette même règle empirique à des groupes composés d'un plus grand nombre de syllabes, *Ind. Stud.*, VIII, 428. Est-il besoin d'ajouter que pour tous les passages d'un style aussi serré que celui-ci, j'ai dû recourir à une paraphrase plutôt qu'à une traduction proprement dite?

[3] Ces six vers, qui concernent la description des groupes métriques dont sont composés les vers déterminés par les unités métriques qui les constituent, et certaines opérations agébriques qui s'y rapportent, présentent un texte trop peu sûr en certains endroits et généralement trop peu clair pour qu'il ne soit prudent d'en suspendre l'interprétation.

62. — On obtient le chiffre des combinaisons métriques dont les mètres *à demi semblables* sont susceptibles en élevant au carré celui des combinaisons possibles des mètres *semblables* correspondants (établis sur le même type), et en déduisant du résultat le chiffre qui sert de base pour l'élévation au carré[1].

63-64. — (Connaissant la quantité métrique des syllabes qui constituent une combinaison métrique quelconque et le nombre de combinaisons dont le type auquel elle appartient est susceptible, voici la méthode à suivre pour trouver le rang qu'elle tient dans la série complète de ces combinaisons). Plaçant le mètre dont il s'agit (c'est-à-dire la quantité des syllabes qui le composent) sur une ligne horizontale et représentant par 2 sa première mesure, à commencer par la gauche, on en fait le point de départ d'une progression géométrique ayant 2 pour raison, dont chaque terme correspond aux mesures suivantes en s'arrêtant sur la dernière. Puis, s'il y a des longues parmi ces mesures, on se livre à une opération inverse et qui consiste à prendre comme point de départ d'une autre progression de même forme commençant par l'unité la première longue qui se présente à partir de la droite en ajoutant un terme correspondant à chaque mesure qu'on trouve en reculant vers la gauche ; à chaque nouvelle longue qu'on rencontre, s'il y en a, on ajoute une unité au chiffre correspondant de la progression ; puis on retranche le dernier terme (c'est-à-dire celui qui correspond à la première mesure de gauche) du nombre total des combinaisons dont le mètre donné est susceptible. Dans les deux cas (celui où la combinaison métrique ne comprend que des brèves, et celui où les longues alternent avec les brèves, ou sont entièrement substituées à celles-ci), le résultat obtenu ainsi indique le rang auquel appartient la combinaison métrique donnée[2].

65. — L'auteur va indiquer le moyen de déterminer la place qu'occupent dans tous les mètres les voyelles brèves (et par conséquent le *schema* même de chaque mètre, étant donné le type auquel se rattache le mètre en question et le rang qu'il occupe dans la série des combinaisons dont ce type est susceptible).

[1] Cf. Colebr., II, 88 et *Ind. Stud*, VIII, 326 et *sqq.*, 432 et *sqq.*

[2] Cf. pour cette paraphrase de notre texte, *Ind. Stud.*, VIII, 438 et *sqq.* Il s'agit de la règle du prastâra appelée uddishṭa, Cf. ci-dessus v. 51.

66. — Pour arriver à ce résultat, on divise par deux le chiffre qui marque le rang en question en le majorant d'une unité s'il est impair ; dans ce cas, on inscrit, comme correspondant au résultat, une longue qui forme la première mesure de la combinaison cherchée ; s'il est pair, on inscrit une brève. On procède de même sur le résultat de la première division et ainsi de suite jusqu'à ce qu'on ait obtenu la quantité de mesures que contient le type auquel se rattache la combinaison qui fait l'objet du problème à résoudre [1].

67. — En suivant ces règles qui s'appliquent soit à la recherche de la forme d'une combinaison métrique quelconque, soit à celle de l'ordre qu'elle occupe dans la série des combinaisons possibles, on obtient pour tout vers donné la répartition des longues et des brèves.

68. — L'auteur vient d'indiquer quelles sont les différentes sortes de vers typiques ; il décrira dans le livre suivant les variétés qui s'y rattachent en usage dans les compositions dramatiques.

[1] Cf. *Ind. Stud.*, VIII, 439 et *sqq.* Voir aussi dans le même ouvrage les exemples de l'application des différentes règles du prastâra, et particulièrement le tableau des combinaisons métriques possibles sur le type de la gâyatrî, p. 432. — Cette dernière règle est celle qui s'applique au cas dit nashṭa. Cf. ci-dessus, v. 51.

NAṬYÂ ÇASTRÂ

SEIXIÈME CHAPITRE

I

SAMAVṚTTAS OU MÈTRES SEMBLABLES

1° MÈTRES SUR LE TYPE DE LA GÂYATRÎ. — SIX SYLLABES DU PÂDA

1.-2. TANUMADHYÂ

Deux longues au commencement et à la fin de chaque pâda (ou un antibacchius et un bacchius)[1].

– – ⏑ | ⏑ – –

Traduction de l'exemple.

Que signifient, ô belle à la taille fine, cette toilette négligée, cet abattement, ces yeux hagards, cette feuille d'arbre que tu tiens à la main?

[1] Dans le texte ce précepte, comme c'est souvent le cas, est dans le même mètre que l'exemple. — Cf. Colebrooke, *Misc. Ess.*, II, 141; *Ind. Stud.*, VIII, 365-6; *Chandom.*, p. 8.

3.-4. MAKARAKAÇÎRSHÂ

Quatre brèves et deux longues (ou un tribraque et un bacchius)[1].

⏑ ⏑ ⏑ | ⏑ – –

5.-6. MÂLINÎ

Une brève comme seconde syllabe de chaque pâda (ou un crétique et un molosse)[2].

– ⏑ – | – – –

2° MÈTRES SUR LE TYPE DE L'USHṆIH. — SEPT SYLLABES AU PÂDA

7.-8. UDDHATÂ

Un crétique, un anapeste et une longue[3].

– ⏑ – | ⏑ ⏑ – | –

Traduction de l'exemple

On célèbre (en poésie) les combats sans danger de l'amour, dans lesquels ce sont les dents, et non les épées, qui causent des blessures, et où la mêlée brillante a lieu entre les boucles de cheveux.

9.-10. SAṂBHRAMARAMÂLÂ

Un antibacchius, un anapeste et une longue[4].

– – ⏑ | ⏑ ⏑ – | –

Traduction de l'exemple

Le mois parfumé de caïtra, que diaprent des milliers de fleurs, est arrivé, et voilà l'essaim des abeilles qui s'égare parmi les boutons épanouis.

[1] Cf. *Chandom.*, *loc. cit.* (*çacivadanâ*) ; *Çrutab.* 9 (*id.*) ; Colebr. *loc. cit.* (*id.*); *Ind. Stud.*, VIII, 366 (*id.*).

[2] Colebrooke ne connaît pas ce mètre. — Cf. *Ind. Stud.*, VIII, 366.

[3] Ce mètre, dans l'exemple duquel, et par exception, notre auteur n'a pas fait entrer la dénomination technique, n'est pas connu d'ailleurs.

[4] Ce mètre, de même que le précédent, est inconnu des auteurs publiés jusqu'ici.

3° MÈTRES SUR LE TYPE DE L'ANUSHṬUBH. — HUIT SYLLABES AU PÂDA

11-12. SIṂHALÎLÂ

Un crétique, un amphibraque et deux longues[1].

- ᴗ - | ᴗ - ᴗ | - -

13.-14. MATTACESHṬITA

Un amphibraque, un crétique, une brève et une longue[2].

ᴗ - ᴗ | - ᴗ - | ᴗ -

Traduction de l'exemple

Ses regards vacillent, ses cheveux s'étalent en désordre, ses pas ne sont pas assurés : la bien-aimée imite l'attitude d'un homme ivre.

15.-16. VIDYUNMÂLÂ

Deux molosses suivis de deux longues; une césure à la fin de chaque pâda[3].

- - - | - - - | - -

Traduction de l'exemple

Voilà les sinuosités de l'éclair, dont les feux le disputent à ceux des rayons du soleil, qui serpentent à l'horizon parmi les nuages épais, chargés d'eau et au relief sombre qui remplissent le ciel.

4° MÈTRES SUR LE TYPE DE LA BṚHATÎ. — NEUF SYLLABES AU PÂDA

17.-18. MADHUKARÎ

Six brèves (ou deux tribraques) et un molosse[4].

ᴗ ᴗ ᴗ | ᴗ ᴗ ᴗ | - - -

[1] Ce mètre est également inconnu des autres auteurs.

[2] Cf. *Chandom.*, p. 10 (*pramâṇikâ*); *Çrutab.*, 14 (*n[illegible]rupiṇî*); Colebr., II, 141 (*pramâṇikâ*) *Ind. Stud.*, VIII, 367 (*id.*).

[3] Cf. *Agnipur.*, 332, 2; *Chandom.*, p. 9, *Çrutab.*, 15; Colebr. *loc. cit.*; *Ind. Stud.*, *id.*

[4] Cf. *Agnipur.*, 333, 3 (*bhujagaçiçusṛta* ou *°bhṛtâ*); *Chandom.*, p. 10, (*id.*); Colebr. *loc. cit.* (*id.*); *Ind. Stud.*, VIII, 368 (*id.*).

Traduction de l'exemple

L'abeille se livre joyeusement à ses courses vagabondes en apercevant la forêt en fleurs, dont le sol est ombragé par des groupes d'arbres de différentes sortes et que le souffle des vents remplit de parfums.

5° MÈTRES SUR LE TYPE DE LA PAṄKTI. — DIX SYLLABES AU PÂDA

19.-20. KUVALAYAMÂLÂ

Trois longues (ou un molosse), quatre brèves et un molosse (ou un tribraque, un bacchius et une longue)[1].

- - - | ⏑ ⏑ ⏑ | ⏑ - - | -

Traduction de l'exemple

Cette jolie couronne d'iris épanouis embellit, ô ma bien-aimée, ta tête brune comme l'abeille et chargée de parures où les perles brillent en quantité.

21-22. MAYÛRASÂRIṆÎ

Un crétique, un amphibraque, un crétique et une longue[2].

- ⏑ - | ⏑ - ⏑ | - ⏑ - | -

6° MÈTRES SUR LE TYPE DE LA TRISHṬUBH. — ONZE SYLLABES AU PÂDA

23.-24. DODHAKA

Trois dactyles et deux longues ; une césure après la troisième ou la quatrième syllabe[3].

- ⏑ ⏑ | - ⏑ ⏑ | - ⏑ ⏑ | - -

1 Cf. Colebr., II, 142 (*paṇava*); *Ind. Stud.*, VIII, 369 (*id.*).
2 Cf. *Agnipur.*, 333, 4; Colebr., II, 142; *Ind. Stud.*, VIII, 370.
3 Cf. *Agnipur.* 333, 6; *Chandom.* 15; *Çrutab.* 21; Colebr. *loc. cit.*; *Ind. Stud.* VIII, 373. — La règle relative à la césure, qui s'appliquerait à l'exemple cité dans les *Ind. Stud.*, est tout à fait en défaut à l'égard de celui de Bharata.

Traduction de l'exemple

Vois, ô ma belle, cet éléphant qui bronche à chaque pas qu'il jette devant lui, et dont les membres ont l'allure chancelante d'un homme ivre : il imite la marche du mètre appelé *dodhaka*.

25.-26. TOṬAKA

Les deux premières syllabes, la cinquième, la huitième et la finale longues (ou un antibacchius, deux amphibraques, une brève et une longue) [1].

- - ⏑ | ⏑ - ⏑ | ⏑ - ⏑ | ⏑ -

27.-28. INDRAVAJRÂ

La troisième syllabe, la sixième, la septième et la neuvième longues (ou deux antibacchius, un amphibraque et deux longues) [2].

- - ⏑ | - - ⏑ | ⏑ - ⏑ | - -

29.-30. UPENDRAVAJRÂ

Une brève à la première syllabe ; même quantité qu'au mètre précédent pour toutes les autres (ou bien un amphibraque, un antibacchius, un amphibraque et deux longues) [3].

⏑ - ⏑ | - - ⏑ | ⏑ - ⏑ | - -

31.-32. RATHODDHATÂ

La première syllabe, la troisième, la septième, la neuvième et la finale longues (ou un crétique, un tribraque, un second crétique, une brève et une longue) [4].

- ⏑ - | ⏑ ⏑ ⏑ | - ⏑ - | ⏑ -

[1] Ce mètre est appelé *moṭanaka* par Colebr. *loc. cit.* et dans la *Chamdom.*, p. 16. — Le *toṭaka*, d'après ces ouvrages (Colebr. *loc. cit.; Chandom.*, p. 18 et *Ind. Stud.*, VIII, 378), est un mètre tout différent qui appartient au type de la jàgatî; v. ci-dessous 37-38.

[2] Cf. *Agnipur.*, 333, 5; *Bṛhatsamh.*, 104, 34; *Chandom.*, p. 12; *Çrutab.* 22; Colebr. *loc. cit.; Ind. Stud.*, VIII, 371.

[3] Cf. *Bṛhatsamh.*, 104, 11; *Chandom* ..p. 12; *Çrutab.*, 23; Colebr. *loc. cit.; Ind. Stud. id.*

[4] Cf. *Agnipur.*, 333, 7; *Bṛhatsamh.*, 104, 31; *Çrutab.*, 26; Colebr. *loc. cit.; Ind. Stud.*, VIII, 375.

33.-34. SVÂGATÂ

La première syllabe, la troisième, la septième, la dixième et la finale longues (ou un crétique, un tribraque, un dactyle et deux longues)[1].

- ◡ - | ◡ ◡ ◡ | - ◡ ◡ | - -

Traduction de l'exemple

Aujourd'hui, ô belle aux grands yeux, ma vie, toute au sentiment de l'amour, recueille les fruits (auxquels j'aspirais), puisque tu t'es rendue dans ma demeure. Sois-y la bien-venue et prends un siège !

35.-36. ÇÂLINÎ

La sixième syllabe et la neuvième brèves (ou un molosse, deux antibacchius et deux longues); une césure après la quatrième syllabe[2].

- - - | - - ◡ | - - ◡ | - -

7° MÈTRES SUR LE TYPE DE LA JAGATÎ. — DOUZE SYLLABES AU PÂDA

37.-38. TOTAKA

Quatre anapestes[3].

◡ ◡ - | ◡ ◡ - | ◡ ◡ - | ◡ ◡ -

39.-40. KUMUDANIBHÂ

Un crétique, un bacchius, un tribraque et un autre bacchius. Une césure après la sixième syllabe de chaque pâda[4].

- ◡ - | ◡ - - | ◡ ◡ ◡ | ◡ - -

[1] Cf. *Chandom.*, p. 15; *Çrutab.*, 27 ; Colebr. *loc. cit.; Ind. Stud.*, VIII, 375.

[2] Cf. *Agnipur.*, 333, 6; *Bṛhatsaṃh.* 104, 30 ; *Chandom.*, p. 14 ; *Çrutab.* 20 ; Colebr. *loc. cit.; Ind., Stud.*, VIII, 374.

[3] Cf. *Agnipur.*, 333, 9; *Bṛhatsaṃh.*, 104, 39 ; *Chandom.*, p. 18; *Çrutab.*, 29; Colebr. *loc. cit.; Ind., Stud.*, VIII, 378.

[4] Ce mètre est inconnu des autres auteurs.

41.-42. ÇANDRALEKHÂ

Une brève à la septième syllabe et à la dixième (ou deux molosses et deux bacchius); une césure après la cinquième syllabe[1].

- - - | - - - | ᴗ - - | ᴗ - -

43.-44. PRATIMÂKSHARÂ

La troisième syllabe, la cinquième, la neuvième et la finale longues (ou un anapeste, un amphibraque et deux anapestes)[2].

ᴗ ᴗ - | ᴗ - ᴗ | ᴗ ᴗ - | ᴗ ᴗ -

Traduction de l'exemple

Heureux l'homme discret, quel qu'il soit, qui possède l'amour d'une jeune fille ayant toujours le sourire aux lèvres, non volage, non brusque et évitant avec soin de se livrer à des reproches longuement médités.

45.-46. VAMÇASTHAMATI

Un amphibraque, un antibacchius, un second amphibraque et un crétique[3].

ᴗ - ᴗ | - - ᴗ | ᴗ - ᴗ | - ᴗ -

47.-48. HARIṆAPLUTA

La quatrième syllabe, la septième, la dixième et la dernière longues (ou un tribraque, deux dactyles et un crétique)[4].

ᴗ ᴗ ᴗ | - ᴗ ᴗ | - ᴗ ᴗ | - ᴗ -

[1] Cf. *Agnipur.*, 333, 13 *(vaiçvadevî)*; *Bṛhatsamh.*, 104, 44 *(id.)*; *Chandom.* p. 18, *(id.)*; *Çrutab.* 28 *(id.)*; Colebr. *loc. cit.* *(id.)*; *Ind. Stud.*, VIII, 381 *(id.)*.

[2] Cf. *Agnipur.*, 333, 12; *Bṛhatsaṃh.*, 104, 37; *Chandom.*, p. 18; Colebr. *loc. cit.*; *Ind. Stud.* VIII, 380.

[3] Cf. *Chandom.*, p. 16, *(vaṃçasthavila)*; *Çrutab.*, 33 *(vaṃçastha)*; Colebr. *loc. cit.* *(id.)*; *Ind. Stud.*, VIII, 378 *(id.)*.

[4] Cf. *Chandom.*, p. 19 *(drutavilambita)*; *Çrutab.*, 33 *(id.)*; Colebr. *loc. cit.* *(id.)*; *Ind. Stud.*, VIII, 378 *(id.)*.

49.-50. KÂMADATTÂ

La septième syllabe, la neuvième, la pénultième et la finale longues (ou deux tribraques, un crétique et un bacchius)[1].

⏑ ⏑ ⏑ | ⏑ ⏑ ⏑ | - ⏑ - | ⏑ - -

51.-52. APRAMEYÂ

La première syllabe, la quatrième, la septième et la dixième brèves (ou quatre bacchius)[2].

⏑ - - | ⏑ - - | ⏑ - - | ⏑ - -

Traduction de l'exemple

Il n'est pas de femme dans l'univers dont les qualités soient égales aux tiennes ; il n'en est ni une deuxième ni une troisième. Jetant les yeux sur ce monde, je me dis que le Créateur t'a faite incomparable.

53.-54. PADMINÎ

Quatre crétiques ; une césure après la deuxième triade[3].

- ⏑ - | - ⏑ - | - ⏑ - | - ⏑ -

Traduction de l'exemple

Ta personne est comme une pièce d'eau dont ta bouche est le lotus, tes yeux les abeilles, tes blanches dents les cygnes, ta chevelure les ombrages, et tes seins les couples d'hôtes ailés[4]. A mes yeux, ô ma bien-aimée, tu revêts en tout l'aspect d'un beau lac.

[1] Ce mètre est inconnu des autres auteurs.

[2] *Agnipur.*, 333, 12 *(bhujaṅgaprayata)*; *Bṛhatsaṃh* 104, 42 (*id.*) ; *Chandom.*, p. 17 (*id.*) ; *Çrutab.* 30 (*id.*) ; Colebr. *loc. cit.* (*id.*); *Ind. Stud.*, VIII, 380 (*id.*).

[1] Cf. *Agnipur.* 333. 12 *(sragviṇi)* ; *Chandom*, p. 18 (*id.*); Colebr. *loc. cit.* (*id.*); *Ind. Stud.*, VIII, 380 (*id.*).

[4] Mot à mot les *cakravakas* (*anascasarca*); sorte d'oiseaux d'aquatiques qui vont toujours par paires.

55.-56. PUṬAVṚTTA

Deux tribraques, un molosse et un bacchius; une césure après la huitième syllabe [1].

⏑ ⏑ ⏑ | ⏑ ⏑ ⏑ | - - - | ⏑ - -

8° MÈTRES SUR LE TYPE DE L'ATIJAGATÎ. — TREIZE SYLLABES AU PÂDA

57.-58. PRABHÂVATÎ

La deuxième syllabe, la quatrième, la neuvième, la onzième et la finale longues (ou un amphibraque, un dactyle, un anapeste, un amphibraque et une longue); une césure après la quatrième syllabe [2].

⏑ - ⏑ | - ⏑ ⏑ | ⏑ ⏑ - | ⏑ - ⏑ | -

59.-60. PRAHARSHAṆÎ

Les trois premières syllabes, la huitième, la dixième, la pénultième et la finale longues (ou un molosse, un tribraque, un amphibraque, un crétique et une longue); une césure après la troisième syllabe [3].

- - - | ⏑ ⏑ ⏑ | ⏑ - ⏑ | - ⏑ - | -

61.-62. MATTAMAYÛRA

La sixième syllabe, la septième, la dixième et la onzième brèves (ou un molosse, un antibacchius, un bacchius un anapeste et une longue) [4].

- - - | - - ⏑ | ⏑ - - | ⏑ ⏑ - | -

[1] Cf. *Agnipur.*, 333, 10 *(çrîpuṭa)*; *Bṛhatsaṃh*, 104, 43 *(id.)*; Colebr. *loc. cit.* *(id.)*; *Ind. Stud.*, VIII, 379 *(id.)*.

[2] Cf. *Bṛhatsaṃh.*, 104, 21 *(rucirâ)*; *Chandom.*, p. 22 *(id.)*; Colebr., II, 143 *(id.)*; *Ind. Stud.*, VIII, 384 *(id.)*.

[3] Cf. *Agnipur.*, 333, 14; *Bṛhatsaṃh.*, 104, 22; *Chandom.*, p. 21; *Çrutab.* 36; Colebr. *loc. cit.*; *Ind. Stud.*, VIII, 384.

[4] Cf. *Agnipur.*, 333, 15; *Bṛhatsaṃh.* 104, 26; *Chandom.*, p. 22; *Çrutab.* 42; Colebr. *loc. cit.*; *Ind.) Stud.*, VIII, 385.

Traduction de l'exemple

Sillonnés par l'éclair, reflétant l'arc-en-ciel sur leurs flancs qu'agite la tempête, entourés de grues qui les diaprent de leurs nuances variées, ayant pour fulgurants attributs les grondements du tonnerre, ces nuages, dont l'aspect affole les paons, annoncent l'arrivée de la saison des pluies.

9° MÈTRES SUR LE TYPE DE LA ÇAKVARÎ.— QUATORZE SYLLABES AU PÂDA

63.-64. VASANTATILAKÂ

Les deux premières syllabes, la quatrième, la huitième, la onzième, la pénultième et la finale longues (ou un antibacchius, un dactyle, deux amphibraques et deux longues)[1].

– – ⏑ | – ⏑ ⏑ | ⏑ – ⏑ | ⏑ – ⏑ | – –

Traduction de l'exemple

Portant à la main et dans les cheveux les fleurs diaprées que fait éclore la saison nouvelle, ornée sur toute sa personne d'un assemblage de guirlandes, de festons et de couronnes, embellissant ses oreilles de bouquets de nâgas (*Mesua Roxburghii*) en guise d'anneaux, la femme a vraiment l'air de la toilette du printemps.

65.-66. ASAMBÂDHÂ

Les cinq premières syllabes et les trois dernières longues (ou un molosse, un antibacchius, un tribraque, un anapeste et deux longues); une césure après la cinquième syllabe[2].

– – – | – – ⏑ | ⏑ ⏑ ⏑ | ⏑ ⏑ – | – –

[1] Cf. *Agnipur.*, 333, 17; *Bṛhatsaṃh.*, 104, 33; *Chandom.*, p. 25; *Çrutab.* 37; Colebr. *loc. cit.*; *Ind. Stud.*, VIII, 387.
[2] Cf. *Agnipur.*, 333, 15; *Chandom.*, p. 25; Colebr. *loc. cit.*; *Ind. Stud.*, VIII, 386.

67.-68. ÇARABHÂ

Les quatre premières syllabes, la dixième, la onzième, la pénultième et la finale longues (ou un molosse, un dactyle, un tribraque, un antibacchius et deux longues)[1].

- - - | - ⏑ ⏑ | ⏑ ⏑ ⏑ | - - ⏑ | - -

10° MÈTRES SUR LE TYPE DE L'ATIÇAKVARÎ. — QUINZE SYLLABES AU PÂDA

69.-70. NÂNDÎMUKHÎ

Les six premières syllabes, la dixième et la treizième brèves (ou deux tribraques, un molosse et deux bacchius)[2].

⏑ ⏑ ⏑ | ⏑ ⏑ ⏑ | - - - | ⏑ - - | ⏑ - -

Traduction de l'exemple

Non ! je n'ai jamais vu jusqu'ici tes grands yeux cuivrés par la colère, ni ton visage sillonné d'une ride qui plisse ton sourcil. C'est tout dire, ô ma déesse : toi, la chérie de mon cœur, tu n'as que douces paroles et joyeux regards.

11° MÈTRES SUR LE TYPE DE L'ASHTI. — SEIZE SYLLABES AU PÂDA

71.-72. VṚSHABHAGAJAVILASITA

Un dactyle, un crétique, (trois) tribraques et une longue[3].

- ⏑ ⏑ | - ⏑ - | ⏑ ⏑ ⏑ | ⏑ ⏑ ⏑ | ⏑ ⏑ ⏑ | -

[1] Ce mètre est inconnu des autres auteurs. Celui que Colebr. (*loc. cit.*) indique sous ce nom est sur le type de l'*atiçakvarî* et présente un schema tout différent.

[2] Cf. *Agnipur.*, 333, 18 (*mâlinî*) ; *Bṛhatsaṃh.* 104, 21 (*id.*) ; *Chandom.* p. 27, (*id.*) ; *Çrutab.* 38, (*id.*) ; Colebr. *loc. cit.* (*id.*) ; *Ind. Stud.* VIII, 391.

[3] Cf. *Chandom.*, p. 29 (*ṛshabha°*) ; Colebr, *loc. cit.* (*id.*) ; *Ind. Stud.* VIII, 392 (*id.*).

73.-74. PRAVARALALITA

Un bacchius, un molosse, un tribraque, un anapeste, un crétique et une longue ; césures après la sixième syllabe et à la fin de chaque pâda [1].

∪ - - | - - - | ∪ ∪ ∪ | ∪ ∪ - | - ∪ - | -

12° MÈTRES SUR LE TYPE DE L'ATYASHṬI. — DIX-SEPT SYLLABES AU PÂDA

75.-76. ÇIKHARIṆÎ

Les quatre premières triades du mètre précédent, un dactyle, une brève et une longue ; une césure après la sixième syllabe [2].

∪ - - | - - - | ∪ ∪ ∪ | ∪ ∪ - | - ∪ ∪ | ∪ -

77.-78. VṚSHABHALALITA ou HARIṆÎ

Un tribraque, un anapeste, un molosse, un crétique, un anapeste, une brève et une longue ; deux césures, une après la sixième syllabe et la seconde après la dixième [3].

∪ ∪ ∪ | ∪ ∪ - | - - - | - ∪ - | ∪ ∪ - | ∪ -

Traduction de l'exemple

L'animal emporté par l'excès de son ardeur amoureuse, quand il a entendu le bruit des eaux auquel il répond par ses mugissements, déchire dans son excitation la terre avec ses cornes ; entouré de génisses, il court sans crainte d'étable en étable et se livre dans la prairie à tous les jeux du taureau.

79.-80. ÇRÎDHARÂ

Un molosse, un dactyle, un tribraque, deux antibacchius et deux longues ;

[1] Cf. *Chandom.*, p. 31 ; Colebr. *Misc. Ess.*, II, 144.

[2] Cf. *Agnipur.*, 333, 19 ; *Bṛhatsaṃh.* 104, 8, *Chandom.*, p. 31 ; *Çrutab.* 40 ; Colebr. *loc. cit.* ; *Ind. Stud.*, VIII, 393.

[3] Le premier pâda de l'exemple est irrégulier au point de vue de la césure. — Cf. *Agnipur.*, 333, 21. *Bṛhatsaṃh.* 104, 10 (°*carita*) ; *Chandom.*, p. 33 ; *Çrutab.* 39 ; Colebr. *loc. cit.* ; *Ind. Stud.*, VIII, 394.

deux césures, la première après la quatrième syllabe et la seconde après la dixième[1].

- - - | - ⏑ ⏑ | ⏑ ⏑ ⏑ | - - ⏑ | - - ⏑ | - -

81.-82. VAMÇAPATTRAPATITA

La première syllabe, la quatrième, la sixième, la dixième et la finale longues (ou un dactyle, un crétique, un tribraque, un dactyle, un tribraque, une brève et une longue) ; deux césures, la première après la septième syllabe et la seconde après la dixième [2].

- ⏑ ⏑ | - ⏑ - | ⏑ ⏑ ⏑ | - ⏑ ⏑ | ⏑ ⏑ ⏑ | ⏑ -

83.-84. VILAMBITAGATI

Un amphibraque et un anapeste répétés, un bacchius, une brève et une longue; une césure à volonté au commencement du pâda [3].

⏑ - ⏑ | ⏑ ⏑ - | ⏑ - ⏑ | ⏑ ⏑ - | ⏑ - - | ⏑ -

13° MÈTRE SUR LE TYPE DE LA DHṚTI. — DIX-HUIT SYLLABES AU PÂDA

85.-86. CITRALEKHÂ

Les cinq premières syllabes, la onzième, la douzième, la quatorzième, la quinzième, la pénultième et la finale longues (ou un molosse, un antibacchius, un tribraque et trois bacchius)[4].

- - - | - - ⏑ | ⏑ ⏑ ⏑ | ⏑ - - | ⏑ - - | ⏑ - -

[1] Cf. *Agnipur.*, 333, 22 (*mandâkrântâ*); *Bṛhatsamh*, 104, 9 (*id.*); *Chandom.*, p. 32 (*id.*); *Çrutab.*, 18 (*id.*); Colebr., *loc. cit.* (*id.*); *Ind. Stud.*, VIII, 395 (*id.*).

[2] Cf. *Agnipur.*, 333, 21; *Bṛhatsamh.*, 104, 40; *Chandom*, p. 32; Colebr., *loc. cit.*; *Ind. Stud.*, VIII, 394. — Le premier pâda de l'exemple pèche au point de vue de la césure.

[3] Cf. *Agnipur.*, 333, 20 (*pṛthvî*); *Bṛhatsamh.*, 104, 16 (*vilambilagati*); *Chandom.* (*pṛthvî*), p. 32; *Çrutab.*, 41 (*id.*); Colebr., *loc. cit.* (*id.*); *Ind. Stud.* VIII, 396 (*id.*).

[4] Cf. *Agnipur.*, 333, 22 (*kusumitalatâvellitâ*); *Chandom.*, p. 34 (*id.*); Colebr., *loc. cit.* (*id.*); *Ind. Stud.*, VIII, 397 (*id.*).

14° MÈTRE SUR LE TYPE DE L'ATIDHṚTI.— DIX-NEUF SYLLABES AU PÂDA

87.-88. ÇÂRDÛLAVIKRÎḌITA

Un molosse, un anapeste, un amphibraque, un anapeste, deux antibacchius et une longue[1].

– – – | ⏑ ⏑ – | ⏑ – ⏑ | ⏑ ⏑ – | – – ⏑ | – – ⏑ | –

15° MÈTRE SUR LE TYPE DE LA KṚTI. — VINGT SYLLABES AU PÂDA

89.-90. SUVADANÂ

Un molosse, un crétique, un dactyle, un tribraque, un bacchius, un dactyle, une brève et une longue; deux césures, la première après la septième syllabe et la seconde après la quatorzième[2].

– – – | – ⏑ – | – ⏑ ⏑ | ⏑ ⏑ ⏑ | ⏑ – – | – ⏑ ⏑ | ⏑ –

16° MÈTRE SUR LE TYPE DE LA PRAKṚTI. — VINGT ET UNE SYLLABES AU PÂDA

91.-92. SRAGDHARÂ

Un molosse, un crétique, un dactyle, un tribraque et trois bacchius; une césure après la septième, la quatorzième et la vingt et unième syllabes[3].

– – – | – ⏑ – | – – ⏑ | ⏑ ⏑ ⏑ | ⏑ – – | ⏑ – – | ⏑ – –

[1] Cf. *Agnipur.*, 333; 23; *Bṛhatsaṃh.*, 104, 4; *Chandom.*, p. 37 : *Çrutab.*, 43; Colebr., *loc. cit.*; *Ind. Stud.*, VIII, 398.

[2] Cf. *Agnipur.*, 333, 24; *Bṛhatsaṃh.*, 104, 6; *Chandom.*, p. 38; Colebr., *loc. cit.*; *Ind. Stud.*, VIII, 399.

[3] Cf. *Agnipur.*, 333, 25; *Bṛhatsaṃh.*, 104, 5; *Chandom.*, p. 39; *Çrutab.*, 44; Colebr. II, 145; *Ind. Stud.* VIII, 400.

7° MÈTRE SUR LE TYPE DE L'ÂKṚTI. — VINGT-DEUX SYLLABES AU PÂDA

93.-94. BHADRAKA ou MADRAKA

Un dactyle, trois crétiques suivis chacun d'un tribraque, et une longue; une césure après la dixième syllabe [1].

– ⏑ ⏑ | – ⏑ – | ⏑ ⏑ ⏑ | – ⏑ – | ⏑ ⏑ ⏑ | – ⏑ – | ⏑ ⏑ ⏑ | –

18° METRE SUR LE TYPE DE LA VIKṚTI.— VINGT-TROIS SYLLABES AU PÂDA

95.-96. LALITA

Un tribraque, trois amphibraques suivis chacun d'un dactyle, une brève et une longue ; une césure après la onzième syllabe [2].

⏑ ⏑ ⏑ | ⏑ – ⏑ | – ⏑ ⏑ | ⏑ – ⏑ | – ⏑ ⏑ | ⏑ – ⏑ | – ⏑ ⏑ | ⏑ –

19° MÈTRE SUR LE TYPE DE LA SAMKṚTI. — VINGT-QUATRE SYLLABES AU PÂDA

97.-98. MEGHAMÂLÂ ou DAṆḌIKÂ

Deux tribraques suivis de six crétiques; une césure de sept en sept syllabes [3].

⏑ ⏑ ⏑ | ⏑ ⏑ ⏑ | – ⏑ – | – ⏑ – | – ⏑ – | – ⏑ – | – ⏑ – | – ⏑ –

[1] Cf. Colebr., *loc. cit.; Ind. Stud.*, VIII, 401.

[2] Cf. *Agnipur.*, 333, 26 (*açva'alita*); *Chandom.*, p. 41 (*adritanayâ*) ; Colebr., *loc. cit.* (*açvalalita*). *Ind. Stud.*, VIII, 402 (*id.*).

[3] Ce mètre est inconnu des autres auteurs.

20° MÈTRE SUR LE TYPE DE L'ABHIKṚTI. — VINGT-CINQ SYLLABES AU PÂDA

99.-100. KRAUÑCAPADÂ

Un dactyle, un molosse, un anapeste, un dactyle, quatre tribraques et une longue[1].

- ⏑ ⏑ | - - - | ⏑ ⏑ - | - ⏑ ⏑ | ⏑ ⏑ ⏑ | ⏑ ⏑ ⏑ | ⏑ ⏑ ⏑ | ⏑ ⏑ ⏑ | -

21° MÈTRE SUR LE TYPE DE L'UTKṚTI. — VINGT-SIX SYLLABES AU PÂDA

101.-102. BHUJAṄGAVIJṚMBHITA

Deux molosses, un antibacchius, trois tribraques, un crétique, un anapeste, une brève et une longue ; césures après la quatrième et la huitième syllabes[2].

- - - | - - - | - - ⏑ | ⏑ ⏑ ⏑ | ⏑ ⏑ ⏑ | ⏑ ⏑ ⏑ | - ⏑ - | ⏑ ⏑ - | ⏑ -

27° DAṆḌAKAS OU MÈTRES DE VINGT-SEPT SYLLABES ET AU-DESSUS

103.-104. CAṆḌAVṚSHṬIPRAYÂTA

Deux tribraques et sept crétiques[3].

⏑ ⏑ ⏑ | ⏑ ⏑ ⏑ | - ⏑ - | - ⏑ - | - ⏑ - | - ⏑ - - ⏑ - - ⏑ - | - ⏑ -

Traduction de l'exemple

La nourricière des êtres (la terre), peuplée de vos joyeux sujets et riche du trésor de ses moissons, vous entoure de ses hommages ; les monts Vin-

[1] Cf. *Agnipur.* 333, 27 ; *Chandom.*, p. 42 ; Colebr. *loc. cit.* ; *Ind. Stud.*, VIII, 403. — Cf. pour l'exemple, *Ind. Stud. loc. cit.*

[2] Cf. *Agnipur.*, 333, 28 ; *Bṛhatsaṃh*, 104, 47 ; *Chandom.*, p. 43 ; Colebr., *loc. cit.* ; *Ind. Stud.*, VIII, 404.

[3] Cf. *Agnipur.*, 333, 29 ; (*°praghita*) ; *Bṛhatsaṃh.*, 104, 61-64 ; *Chandom.*, p. 43, Colebr. *loc. cit.* ; *Ind. Stud.*, VIII, 406

dhyas couverts de forêts de hintâlas (*phœnix paludosa*) et de tâlîs (*corypha taliera*) que dévaste la trompe de l'éléphant, s'inclinent devant vous; les mers, où les colliers de perles semblent versés par des urnes de cristal, élèvent leurs flots comme des mains pour vous rendre honneur; et les grands fleuves aux eaux pures et larges dans lesquelles glissent joyeusement des hôtes nombreux, célèbrent en quelque sorte votre gloire.

---

105. — L'auteur a achevé en ce qui concerne les mètres composés de pâdas semblables; il va décrire ceux dans lesquels les pâdas sont tous dissemblables entre eux et ceux où ils ne sont qu'à demi semblables (ou ne sont semblables que par paires).

106. — On appelle vers dissemblables ceux où chacun des pâdas qui en forment l'ensemble se rapportent à un mètre différent.

107. — Les mètres à demi semblables sont ceux où se trouvent deux pâdas semblables, séparés l'un de l'autre par deux pâdas également semblables entre eux (mais différents des premiers). — Répétition de la définition des mètres dissemblables.

108. — Un pâda est dit long ou bref selon qu'il commence par une voyelle longue ou brève. Un mètre à demi semblable se compose de deux paires de pâdas dissemblables entre eux (dans chaque paire)[1].

109. — Dans un mètre du genre de ceux appelés semblables, quand un pâda est déterminé, le mètre lui-même est déterminé; un mètre dissemblable n'est déterminé qu'au moyen de la détermination de tous les pâdas qui le composent; enfin un mètre à demi semblable exige pour être déterminé que deux des pâdas (consécutifs) dont il est composé le soient eux-mêmes.

110. — L'auteur a décrit les différentes sortes de mètres semblables; il va passer à la détermination des mètres dissemblables, en indiquant les groupes trisyllabiques qui les composent.

[1] Je ne vois pas d'autre interprétation à donner du premier hémistiche de ce vers, sans toutefois être absolument sûr du sens.

II

VISHAMAVṚTTAS OU MÈTRES DISSEMBLABLES[1]

111.-113. PATHYÂ

Le premier pâda semblable à l'avant-dernier, et le second (au quatrième). Le premier se compose de deux anapestes et de deux longues ; le second d'un anapeste, d'un crétique, d'une brève et d'une longue : (le schema de de chaque hémistiche est donc)[2].

⏑ ⏑ – | ⏑ ⏑ – | – – ‖ ⏑ ⏑ – | – ⏑ – | ⏑ –

114.-115. VIPARÎTAPATHYÂ

Même mesure que pour la pathyâ proprement dite, seulement l'ordre des pâdas de chaque couple est interverti. (C'est-à-dire qu'on a le schema suivant, du moins pour les parties déterminées par tous les auteurs)[3] :

. . . . . ⏑ – ⏑ | ⏓ ‖ . . . . . ⏑ – – | ⏓

[1] Ou qui peuvent l'être, mais qui ne le sont pas nécessairement, comme la *pathyâ* dans l'exemple cité, où la quantité de toutes les syllabes est déterminée, ce qui n'a pas lieu généralement et laisse, par conséquent, le champ libre pour des combinaisons différentes à chaque pâda. Peut-être Bharata ne range-t-il la pathyâ dans les mètres vishamas que pour se conformer à la division de Piṅgala. Cf. *Ind. Stud.* VIII, 431 et *sqq*.

[2] Cette description diffère au moins dans la forme de celles données par les autres auteurs qui mettent à part d'abord l'initiale, et la finale qu'ils tiennent pour longues ou brèves à volonté, et qui ne déterminent qu'assez vaguement la quantité des syllabes 2-4 de chaque pâda. Pour le groupe trisyllabique suivant (5-7) dont la quantité est toujours fixée, Bharata est d'accord avec les autres traités. Cf. Colebr. II, 107, 108 et 140 ; *Ind. Stud.* VIII, 335 et *seqq.*; *Chandomañjarî*, p. 50 et *Çrutab*, 11 et 12. L'exemple cité, à moins d'incorrection dans le texte, ne répond pas au schema indiqué pour la quantité de la syllabe initiale du dernier pâda qui devrait être brève et qui se trouve longue.

[3] Le texte de l'exemple cité par Bharata est si corrompu qu'il est assez difficile de voir s'il répond ou non à ce schema. Le fait est au moins douteux pour le premier hémistiche dont le sens du reste ne paraît guère se lier à celui de l'hémistiche suivant et qui pourrait ne pas se trouver à sa place ici par suite d'une erreur du copiste. Les deux derniers pâdas semblent, au contraire, correspondre au schema habituel de la *viparîtapathyâ* pour les quatre dernières mesures ; quant aux premières, elles diffèrent des prescriptions formulées par notre auteur à propos de la *pathyâ* et paraissent indiquer qu'il admettait implicitement les libertés généralement admises en ce qui les concerne. Cf. Colebr., *loc. cit.; Ind. Stud.*, VIII, 338.

116.-117. VIPULÂ

Un tribraque après la quatrième syllabe dans les deux pâdas impairs (le 1er et le 3e). — (Un bacchius à la même place au second pâda et un crétique au quatrième)[1].

. . . . | ⏑ ⏑ ⏑ | ⏓ ‖ . . . . | ⏑ – – | ⏓

. . . . | ⏑ ⏑ ⏑ | ⏓ ‖ . . . . | ⏑ – ⏑ | ⏓

VARIÉTÉS DE LA VIPULÂ

118-120. — Un molosse comme groupe final aux pâdas impairs:

1° septième voyelle brève aux pâdas pairs[2];

. . . . ⏑ | – – ⏓ ‖ . . . . | ⏑ – ⏑ | ⏓

2° septième voyelle brève à tous les pâdas (un dactyle comme groupe trisyllabique précédant la finale, aux pâdas impairs)[3].

. . . . | – ⏑ ⏑ | ⏓ ‖ . . . . ⏑ – ⏑ ⏓

121. — Telles sont les variétés de la pathyâ qu'on distingue sous le nom de vipulà. L'auteur va indiquer la mesure d'autres genres de mètres dits vishamas (modelés encore sur le type de la pathyâ anushṭubh — huit syllabes au pâda.)

AUTRES VARIÉTÉS DE LA PATHYÂ

122-124. — 1° Jamais d'anapeste ni de tribraque comme groupe trisyllabique suivant la quatrième syllabe; mais un bacchius suivi d'une longue, ou, en d'autres termes, un molosse précédé d'une brève comme groupe final de chaque pâda[4].

. . . . ⏑ | – – – ‖ . . . . ⏑ , – – –

[1] C'est le mètre que Colebr. *loc. cit.* et les *Ind. Stud.*, VIII, 339 appellent *capalá*, avec cette différence toutefois, eu égard à l'exemple cité dans ce dernier ouvrage, que nous avons ici pour le 2e et le 4e pâda un bacchius et un crétique au lieu de deux bacchius.

[2] Ce mètre, du moins en ce qui regarde les pâdas pairs, est la vipulâ proprement dite des *Ind. Stud.* VIII, 339 et la *yavipulá* de Colebr., *loc. cit*, où il faut lire 2 *nd. ft.*, au lieu de 8 *ft.*

[3] C'est le mètre appelé *bhavipulá* par Colebr., *loc. cit.* et par les *Ind. Stud.*, VIII, 342; Cf. *Ind. Stud.*, VIII, 340.

[4] Cf. *Ind. Stud.*, VIII, 345.

125-126. — 2e Un molosse, un anapeste (?) et deux longues au premier pâda ; un bacchius, un anapeste, une brève et une longue au second ; un crétique, un dactyle, une brève et une longue au troisième ; un bacchius, un crétique[1], une brève et une longue au dernier[2].

– – – | ⏑ ⏑ – | – – ‖ ⏑ – – | ⏑ ⏑ – | ⏑ –

– ⏑ – – ⏑ ⏑ | ⏑ – ‖ ⏑ – – | – ⏑ – | ⏑ –

127.-128. UDGATÂ

1er pâda : un anapeste, un amphibraque, un anapeste et une brève ;

2e pâda : un tribraque, un anapeste, un amphibraque et une longue ;

3e pâda : un dactyle, un tribraque, un amphibraque, une brève et une longue ;

4e pâda : une double dipodie d'anapestes et d'amphibraques et une longue[3] ;

⏑ ⏑ – | ⏑ – ⏑ | ⏑ ⏑ – | ⏑ ‖ ⏑ ⏑ ⏑ | ⏑ ⏑ – | ⏑ – ⏑ | –

– ⏑ ⏑ | ⏑ ⏑ ⏑ | ⏑ – ⏑ | ⏑ – ‖ ⏑ ⏑ – | ⏑ – ⏑ | ⏑ ⏑ – | ⏑ – ⏑ | –

129.-130. LALITA

1er et 2e pâdas : même mesure que pour l'udgatâ ; 3e pâda : deux tribraques et deux anapestes ; 4e pâda : même mesure encore que pour l'udgatâ[4].

⏑ ⏑ – | ⏑ – ⏑ | ⏑ ⏑ – | ⏑ ‖ ⏑ ⏑ ⏑ | ⏑ ⏑ – | ⏑ – ⏑ | –

⏑ ⏑ ⏑ | ⏑ ⏑ ⏑ | ⏑ ⏑ – | ⏑ ⏑ – ‖ ⏑ ⏑ – | ⏑ – ⏑ | ⏑ ⏑ – | ⏑ – ⏑ | –

131. — Tous ces mètres se rapportent au type de l'anushṭubh dont tous les pâdas sont dissemblables[5]. La dissimilitude (entre les pâdas d'un même vers) est de deux sortes : elle peut résulter de la disposition des groupes trisyllabiques et de la mesure de chaque syllabe (considérée d'une manière indépendante.)

[1] Ou peut-être un anapeste.

[2] Ce mètre n'est décrit ni par Colebr. ni dans les *Ind. Stud.*, du moins au chapitre des vishamavṛttas.

[3] Cf. *Chandom.*, p. 48 ; Colebr. II, 118 et 146 ; *Ind. Stud.*, VIII, 352.

[4] Cf. *Chandom.*, p. 49 ; Colebr. II, 146 ; *Ind. Stud.*, VIII, 354.

[5] On se demande comment notre auteur peut ranger au type de l'anushṭubh des mètres comme l'*udgatâ* et le *lalita* dont les pâdas ont 11 (1er et 2e), 10 (3e) et 12 syllabes (4e). Il faut nécessairement admettre ou une généralisation trop compréhensive de sa part sous le titre générique d'anushṭubh, ou, ce que rien d'ailleurs n'autorise à croire, un déplacement de notre vers.

III

ARDHAVISHAMAVṚTTAS OU MÈTRES DONT LES PÂDAS SONT A DEMI SEMBLABLES

132.-133. KETUMATÎ

1er et 3e pâdas : un anapeste, un amphibraque, un anapeste et une longue ;
2e et 4e pâdas : un dactyle, un crétique, un tribraque et deux longues [1].

⏑ ⏑ – | ⏑ – ⏑ | ⏑ ⏑ – | – || – ⏑ ⏑ | – ⏑ – | ⏑ ⏑ ⏑ | – –

134.-135. APARAVAKTRÂ

1er et 3e pâdas : deux tribraques, un crétique, une brève et une longue ;
2e et 4e pâdas : un tribraque, deux amphibraques et un crétique [2].

⏑ ⏑ ⏑ | ⏑ ⏑ ⏑ | – ⏑ – | ⏑ – || ⏑ ⏑ ⏑ | ⏑ – ⏑ | ⏑ – ⏑ | – ⏑ –

136.-137. PUSHPITÂGRA

1er et 3e pâdas : deux tribraques, un crétique et un bacchius ;
2e et 4e pâdas : un tribraque, deux amphibraques, un crétique et une longue [3].

⏑ ⏑ ⏑ | ⏑ ⏑ ⏑ | – ⏑ – | ⏑ – – || ⏑ ⏑ ⏑ | ⏑ – ⏑ | ⏑ – ⏑ | – ⏑ – | –

[1] Cf. *Agnipur.*, 332, 3 ; Colebr., II, 46, *Ind. Stud.*, VIII, 359.
[2] Cf. *Bṛhatsaṃh.*, 104, 15 ; *Chandom.*, p. 47 ; Colebr. *loc. cit.*; *Ind. Stud.*, VIII, 361.
[3] Cf *Bṛhatsaṃh.*, 104, 17 ; *Chandom.*, p. 47 ; Colebr., *loc. cit.*; *Ind. Stud.*, VIII, 361.

IV

MÂTRASÂMAKA

138.-139. VÂṆAVÂSIKÂ

Seize mesures au pâda (la brève étant considérée comme l'unité de mesure) partagées en parties trisyllabiques de quatre mesures [1], (ou, plutôt, en tenant compte des indications fournies par l'exemple, partagées en trois parties trisyllabiques de quatre mesures, suivies de deux longues ou de quatre mesures) [2].

V

VERS ÂRYÂS

140. — L'auteur a décrit les mètres composés de pâdas semblables ou dissemblables qui doivent être employés par les gens instruits dans les poèmes et principalement dans les poèmes dramatiques.

141. — Il en est d'autres dont parlent les savants, mais il ne faut pas en user, attendu qu'ils n'embellissent pas (les ouvrages où ils figurent).

142. — L'auteur, toutefois, va décrire encore une certaine sorte de vers,

[1] Ce qui exclut l'emploi des tribraques, des crétiques, des bacchius, des antibacchius et des molosses.

[2] Cf. Colebr., II, 78 et 138; *Ind. Stud.*, VIII, 315. Dans ces ouvrages ce mètre est encore déterminé par d'autres particularités. — Je ne puis donner le schema de l'exemple, en raison du peu de sûreté du texte.

mais dont la destination spéciale est d'accompagner le chant (ou d'être chantés.)

143. — Ces vers dont il va parler maintenant qu'il a terminé avec les mètres proprement dits (*vṛtta*), sont les *âryâs*.

144. — Il y a cinq sortes de de vers âryâs : la *pathyâ*, la *vipulâ*, la *capalâ*, la *mukhacapalâ* et la *jaghanacapalâ*.

145. — L'auteur va indiquer en quoi ces vers se distinguent eu égard aux unités métriques, à la césure et à l'arrangement en lieu déterminé des groupes métriques (*gaṇa*.)

146. — La césure est une division (une pause qui tombe entre deux mots); un groupe trisyllabique est composé de quatre mesures (ou unités métriques, — une brève); le deuxième et le quatrième pâdas sont dits les pâdas pairs ; les autres (le 1er et le 3e) sont les pâdas impairs.

147-148. — (Les gaṇas impairs ne doivent pas) être formés au moyen d'un amphibraque[1]. . . . .

Dans l'un des deux hémistiches[2] le dernier gaṇa (le 8e) ne comporte qu'une mesure (ou deux, si l'on considère que la syllabe finale est toujours regardée comme longue.)

149. — Le sixième gaṇa du deuxième hémistiche ne comporte qu'une unité métrique (une brève). Dans l'autre hémistiche (le premier) le sixième gaṇa doit s'établir au moyen d'un amphibraque.

150-151 *a*. — Quand ce sixième gaṇa du premier hémistiche est exclusivement composé de brèves, il s'y trouve une césure (après la première syllabe), de sorte qu'un mot commence à sa deuxième syllabe. Si c'est le septième gaṇa qui se trouve composé de brèves, sa première syllabe commence un mot (et la césure tombe par conséquent à la fin du septième gaṇa). Pour le deuxième hémistiche la même règle s'applique au cinquième gaṇa. (S'il est composé de brèves, la césure tombe à la fin du quatrième)[3].

[1] Cette interprétation me semble à peu près certaine, si l'on rapproche de 147 *a* le lambeau qui suit ; voir les notes du texte.

[2] *Dvivikalpa*, en accord avec *gaṇa* sous-entendu, paraît viser dans le texte correspondant et plus bas v. 149, la double alternative où le long hémistiche précède ou suit le petit. Cf. Colebr., II, 67.

[3] Cf., pour les corrections et la traduction de ce passage difficile, *Ind. Stud.*, VIII, 291, et *Agnipurâṇa*., 330, 7.

151 *b*. — Le vers âryâ dans lequel la césure se place après les trois premiers gaṇas prend le nom de *pathyâ*.

152 *a*. — Le vers aryâ est appelé *vipulâ*, quand la césure est placée après le premier et le deuxième gaṇas (?) [1].

152 *b* et 153 *a*. — On l'apelle *capalâ*, quand le deuxième et le quatrième gaṇas sont formés au moyen d'un amphibraque.

153 *b*. — On l'appelle *mukhacapalâ*, si c'est le premier hémistiche qui se trouve construit de la sorte, et *jaghanacapalâ* si c'est le second.

154. — Si les deux hémistiches sont disposés ainsi, on a la forme que les auteurs sur la métrique appellent simplement *capalâ*.

155. — Considéré séparément, le premier hémistiche se compose de trente mesures et le second de vingt-sept.

156-158. . . . . [2].

159. — L'*âryâgiti* est composée de huit groupes de quatre mesures (à chaque hémistiche) ; c'est le sixième groupe du deuxième hémistiche qui diffère (du même groupe de l'âryâ proprement dite, dans laquelle il n'a qu'une mesure au lieu de quatre) [3].

160. — Telles sont les règles qui s'appliquent aux différentes sortes de vers. Mais indépendamment de cela, on doit tenir compte, dans la composition des œuvres poétiques, des trente-six *lakshaṇas* [4].

[1] Colebr. II, 137 dit simplement, quand la césure est placée ailleurs que pour la *pathyâ*. Cf. aussi *Ind. Stud.*, VIII, 300.

[2] Le mauvais état du texte de 156 *a* ne permet guère de donner une interprétation sûre de ces trois çlokas, auxquels il convient peut-être de comparer *Ind. Stud.*, VIII, 323.

[3] Cf. Colebr , II, 69 et 137 ; *Ind. Stud.*, VIII, 302 et *seqq.*

[2] Cette transition annonce l'objet du chapitre suivant (le dix-septième) qui est consacré, en effet, à la description des lakshaṇas, ou figures de rhétorique dont les poèmes réclament l'emploi.

FIN

LYON. — IMPRIMERIE PITRAT AINÉ, RUE GENTIL, 4

PAR LE MÊME

LIBRAIRIE LEROUX, 28, RUE BONAPARTE, PARIS

ÉTUDES SUR LES POÈTES SANSCRITS DE L'ÉPOQUE CLASSIQUE. — BHARTRIHARI. — LES CENTURIES. Un vol. in-16. . . . . 2 fr.

LES STANCES ÉROTIQUES, MORALES ET RELIGIEUSES DE BHARTRIHARI, traduites du sanscrit. Un vol. in-18, elzévir. . . . . 2 fr. 50

LE CHARIOT DE TERRE CUITE (Mricchatikâ), drame sanscrit du roi Çudraka. Traduit en français, avec notes tirées d'un commentaire inédit. 4 vol. in-18 elzévir. . . . . 10 fr.

DISCOURS D'OUVERTURE DES CONFÉRENCES DE SANSCRIT A LA FACULTÉ DES LETTRES DE LYON. — 1 brochure, in-18 . . . . 1 fr.

LE DIX-SEPTIÈME CHAPITRE DU BHÂRATÎYA-NÂTYA-ÇASTRA. — 1 brochure grand in-8 . . . . 2 fr.

LIBRAIRIE F. VIEWEG, 67, RUE RICHELIEU, PARIS

EXPOSÉ CHRONOLOGIQUE ET SYSTÉMATIQUE, D'APRÈS LES TEXTES, DE LA DOCTRINE DES PRINCIPALES UPANISHADS. — 28e et 34e fascicules de la *Bibliothèque de l'École des Hautes-Études*. . . . . 19 fr.

LYON. — IMPRIMERIE PITRAT AINÉ, RUE GENTIL, 4

www.ingramcontent.com/pod-product-compliance
Ingram Content Group UK Ltd.
Pitfield, Milton Keynes, MK11 3LW, UK
UKHW020321220726
13923UKWH00003B/1291

9 782019 319397